探偵小説

大東京三十五区

夭《よう》都《と》七事件

物集《もずめ》高《たか》音《ね》

祥伝社文庫

天都七事件

目次

謎は超自然的なもの、
そして神的なものにさえ関与する。
解決は手品師の手練だ。

J・L・ボルヘス「不死の人」一九五七

其ノ一【浅　草】

死骸《ムクロ》、天《アマ》ヨリ雨《フ》ル

第五区
善光寺如来堂
六十六仏堂
薬師堂
地蔵堂
稲荷
銭塚地蔵尊
花屋敷
第一区
浅草神社
幸龍寺
大盛館
新大池
第四区
淡島堂
本堂
清遊館
水族館
薬師堂
額堂
輪蔵
五重塔
第三区
不動堂
日輪寺
第二共盛館
弁天山
第一共盛館
日本館
第六区
鐘楼
誓願寺
大黒館
猿芝居
伝法院
第二区
清明館
鎮護堂
明治館
正智院
電気館
浅草区役所
死体落下現場
富士山縦覧場
仲見世
常盤座
寿命院
善龍寺
公園事務所
泉蔵院
浅草郵便局
浅草広小路
鉄道馬車

変死人競《へんしにんくらべ》

ドンドン、ジャラジャラ、ドン、ジャラジャラ。

ドンドン、ジャラジャラ、ドン、ジャラジャラ。

ドンドン、ジャラジャラ、ドン、ジャラジャラ。

ここ、浅草《あさくさ》公園は、六区通りで。

威勢《いせい》がいいのは、見世《みせ》のお囃《はや》しで。

天をあおげば、青、赤、黄と、華美《はで》な大幟《のぼり》。

地を見とおせば、人、人、人と、かなりな大雑踏《にぎわい》。

ハンチングに羽織《はおり》の商人《あきうど》てい。山高帽にマントのお役人てい。島田髷《しまだまげ》に桃のショールのお女子《によし》てい。いがぐり頭に兵児帯《へこおび》の迷子《まよいご》てい。

そんなのが、一本の大河となりて、袖《そで》すりあうどころか、肩もてまえを抉《こ》じあけんばかりに、ぞろぞろ、のろのろ、練りあるく。うそうそ、じろじろ、珍奇をもとめて、頭《こうべ》をふる。やれこれ、あれそれ、勝手気ままに、いいたてる。

すると、なんとか、その客を止《あし》めんとて、活《い》き人形の口上屋が、顔を唾《つばき》まみれに、ぱ

っぽっぽと、

「ヤァヤ、ソリャ、ご覧《ろう》じろ！
孕《はら》み女は、胎内十月《たいないとつき》の変化《へんげ》とござ～い！
妊娠《ぼてれん》は、陰陽交合《いんようこうごう》の神秘とござ～い！
臓腑《はらわた》は、女体深奥《にょたいしんおう》の実相とござ～い！
秘すべし、秘すべし……
ヤァ、コリャ、書生さん、ご案内～！」

しからば、玉乗《こっち》りもまけじと、奇声をぎゃんぎゃん、はりあげて、

「サァサ、いらはい、いらは～い！
これなるは、浅草名物、江川《えがわ》の玉乗り～！
唐人髷《まげ》に花かんざし、
美々なる童女《おぼこ》の、妙《たえ》なる玉乗り～！
軽業《かるわざ》も輪抜《わぬけ》に活惚《かっぽれ》、小宝《こだから》三番《て》、四丁梯子《ばしご》！
これで、たったの三銭たァ～、お安い！
サァ、いらはい、いらは～い！」

いやはや、すごい剣幕《けんまく》。なんたら形相《ぎょうそう》。

それが奥山の花屋敷から、六区四号地にかけて、たったの二五〇米《メートル》に、蟻《あり》の巣《す》見たように、ぎっちり、みっちりひしめいて、妍《けん》ならぬ、覇《は》をきそうので――。でとは、もうしましても、江戸ッ子でない方には、およその見当もつきかねましょう。では、前口上《まえおき》はこれまでといたし、本式に浅草見物とまいります。

ご案内役をつとめまするは、彼、「江湖新報《こうこしんぽう》」なる二流新聞、その雑報記者見習い、及川圭二郎《おいかわけいじろう》君。おん年二十一の、ほんの青二才。いまだ書生気分のぬけぬ、おっとりとした骨柄《せいかく》。つらつきも福々しい、おさな顔。頭にベレー帽、古着の銘仙《めいせん》を羽織りて、足許《もと》はモダーンな仏蘭西《フランス》靴と、珍妙なるいでたち。社の主宰《しゅさい》より、じきじきに浅草取材を命ぜられ、嬉々として鉄道馬車へ乗りこんで、「ヤッ！」とばかりに、飛び降りましたところが、くだんの浅草広小路《ひろこうじ》。

いざ、ご出立《しゅったつ》、ご出立～！

ときに、明治二十年（一八八七）は、十一月の十三日。

縁日ではござらぬが、日曜休暇の一日で、しかも雨後の晴天なれば、仲見世は米袋《こめぶくろ》を逆《さか》さに篩《ふる》ったがごとし。でるわ、でるわ、ざくざく、じゃらじゃら。もとより、米でなければ、小判でもない。子づれが、友づれが、夫婦づれが、木枯《こが》らしなんぞなんのその、秋の遊楽を堪能《たんのう》せんと、市内より、郊外より、皆つれだって、わらわら、わいわい。まだ朝も十時まえから、やたらといきおいこんで、いそいそ、そわそわ。

かくて、及川君もつられて、見世をひやかすの段。

で、まずは名物、雷《かみなり》おこし。紅梅《こうばい》焼き。

水菓子《みずがし》屋は水をまき、甘酒《あまざけ》屋はあまい声だし、南京豆《なんきんまめ》屋に鳩《はと》がたかれば、天麩羅《てんぷら》屋にはひとがたかる。赤毛布《ゲット》の娘さん、精妙な京人形にうっとり、安手《やすで》な毛糸細工にがっかり。子どもが「ねェ〜ねェ〜」と、親の袖引くは、紙風船《ふうせん》に風車《かざぐるま》、ゴム玉飛ばし。山門くぐると、筵《むしろ》にどっさり革細工《かわざいく》。三脚にどっかり人相見。右手に弁天《べんてん》山、名代《なだい》の鐘楼《しょうろう》。そのさきに五重塔、立派の高楼。左手には、不動堂に薬師堂——と、ゆくまえに、なにはともあれ、本堂にてのお誓願《せいがん》。忘れちゃならぬお賽銭《さいせん》。及川君、どうせおがみついでと、浅草神社に、お稲荷さま。

さて、これより五区《さき》は奥山、見世物小屋。

と、赤まえだれの矢場《やば》女、にんまり、及川君を一ト目、鴨葱《かもねぎ》とふんで、へんに科《しな》をつくって、べたべた、

「ちょいと〜、お兄ィさ〜ん？　一ト遊び、いかがさま〜？」

「いや、姉《ねえ》さん、せっかくだが、遠慮さしてもらうよ。我輩《わがはい》、ちと小用《こよう》があってね。」

まともにとりあう彼氏も彼氏だが、それに矢場女、手のひらかえして、「ペッ！」と唾

を吐き、

「そンなら、ちんたら、ほっつき歩いてンじゃないよ！　このポンツクが！　さっさといっちまいな！」

及川君、くちをわんぐり、目をぱちくり、ほうほうのてい。が、三歩もゆかぬうちに、またがっちり、袖口をつかまれて、

「ヨォヨォ、書生さん！　浅草記念に一枚どうだい？　三銭にまけとくぜい。」

こんどは写真屋が、うるさくまとわりつく。

いかにも彼氏、風采《ふうさい》はあがらぬし、身形《みなり》も野暮《やぼ》ったらしく、物腰とても落ち着かぬ。田舎者《たじるし》とおもわれても、いたし方ない。さりとていえ、彼、本郷《ほんごう》は根津《ねづ》のうまれで。歴とした仏寺《ぶつじ》の次男坊で。たしかに、これまで浅草には縁遠かったが、それにしたって、このあつかましさときたら――まったき魑魅魍魎《ちみもうりよう》の巷《ちまた》でないか。

さすがの及川君も、怒り心頭にはっし、袖ふりはらうや、いっさんに駆けだし、ろくろ首（轆轤の首）、大鼬《いたち》（板に血）、大穴子《あなご》（穴に子ども）なる、イカモノの筵《むしろ》小屋をぬけると、そこが音に聞こえた花屋敷で。

あんまりのひと群れに、しばし躊躇《ためら》っていると、また脇から、

「サァ〜サ、皆サン！

これはそのむかし、かの玄宗皇帝《げんそう》が、
わが君に貢《みつ》ぎ物とて寄こしたる、
面向不背《めんこうふはい》の珠《たま》とござ〜い！
月にむかえば、水がとれ〜る！
太陽《ひ》にむかえば、火がとれ〜る！
ソ〜ラ、ご覧のとおり、火がとれました！
サ〜テサテ、これなるふしぎの夜光玉、
お代は、わずか小銭の一銭から、
大は二銭、五銭、十銭とあ〜る！
サァ、買ったり、買ったり〜！」
で、及川君、うかうかと口上にのせられ、大枚十銭をはたくなり、いちばんにおおきいのをとりあげて、小《ちい》さ子《こ》のごとく、にこにこ、ほくほく、
「夜光玉か〜、なんとも、ふしぎだな〜。」
と、大事にかかえたまま、花屋敷見物とあいなります。ちなみに入園料は、大人三銭、小人二銭。
「これは、これは……」

と、見習い記者君、ぽかんと見惚《みと》れたまま、ことばもない。

なぜといえ、ずらりとならんだ、菊細工。

歌舞伎狂言《かぶききようげん》を、菊もて再現《に》せたる、菊人形。

手まえが、目下《もつか》ただいま、新富座《しんとみ》にて興行中の、「紅葉狩《もみじがり》」の一ト幕。ちろちろと紅《くれない》の舌吐く青面《せいめん》の鬼女に、しっかと身がまえたる余吾《よご》将軍。むこうはむこうで、「勧進帳《かんじんちょう》」の一ト場。福助《ふくすけ》の義経《よしつね》に、團十郎《だんじゅうろう》の弁慶《べんけい》、左團次《さだんじ》の富樫《とがし》といったぐあい。団子《だんご》坂ほどに出来はよくないが、なんといって、紅葉を植えた小山があり、蓮《はす》をうかべた池泉《ちせん》があり、清流ながれ落つ白滝ありで、舞台が書割《かきわ》りでないのがよろしい。

しかし、こんなのは、まだまだ序の口。ほんの初《しょ》っ切《き》り。

敷地千七百坪のひろき園内には、ほかに西洋あやつりが、やまがらの曲芸が、「鰐《わに》の日《ひ》向《なた》ぼっこ」や「象《ぞう》の焚火《たきび》」といった、ふざけた見世物が。また、めずらしき花卉《かき》類があれば、柵に飼われた、虎に熊、鹿に鷹、丹頂鶴《たんちょうづる》など禽獣《きんじゅう》類もありて、とてもとても、一ト時、二タ時で、まわりきれるものじゃない。

で、及川君、懐中時計をちらと見やりて、

「こりゃ、いかん！　いそがねば……」

とて、彼氏、菊人形ばかりで、お茶をにごし、せかせか、花屋敷をいでて、前段《さき》の六区通りへとはいるや、手控え片手に、さらさら、意外の能筆《のうひつ》で、見世のけしきを筆写《うつ》してゆく。

まずは花屋敷の斜《はす》むかい、北側の一号地より南へ順に、江川の玉乗りの大盛《たいせい》館、都踊りの清遊《せいゆう》館、子ども芝居の第二共盛《きょうせい》館、青木の玉乗りの第一共盛館。むかいの角地、二号地には、娘都踊りの日本館、撃剣《げきけん》道場。つづく四号地、「ひょうたん池」すなわち新大池のむこうへ、水族館と珍世界と。なかんずく、もっともにぎやかなる三号地には、剣舞の清明《せいめい》館、大神楽《だいかぐら》の明治館、電気見世物の電気館、俗に「小富《ことみ》座」なる歌舞伎の常盤《ときわ》座と、ちょいとしられた小芝居、見世だけでも、かるく十《とお》をこえる。

そのはざまに、むかしながらの、あやつり人形、覗《のぞ》きからくり。強歯《ごうば》に辻講釈《つじこうしゃく》、化物《ばけもの》細工に念仏踊り。グロ見世物とて、「親の因果《いんが》がなんとやら」の、因果者の足芸に、娘の大蛇つかい、大女に蜘蛛《くも》男。少々、小腹がすいたむきには、まぜまな露地《ろじ》とて、しる粉《こ》屋、そば屋、すし屋におでん屋、焼き鳥屋。

かくて、浅草公園が、帝都遊興の独擅場《どくせんじょう》なること、右のごとしだが、そこへまた一ト《ト》ところ、名所がうまれたよし。それも、人気の常盤座のまンまえに、ドンとあらわれいでたる、世にもきてれつなる大建築。ひと呼んで「お富士さん」こと、富士山縦覧場《じゅうらんじょう》。

いま、その口上屋が、切符売場に陣どって、

「奇中の奇な〜り！　新中の新な〜り！
サァ〜テ、皆さん、右にとご覧の大建築は、
浅草は六区の新名所、
富士山縦覧場とござ〜い！
希代《きたい》の名匠、花亀《はながめ》の手にかかります、
奇想天外の高所にてござ〜い！
女人小人から、ご年配の方々まで、
老若問わず、山に攀《よ》づりては、
富士詣《もう》でとあいなる趣意《しゅい》とござ〜い！
お代は、大人五銭、小人三銭、
下足料一銭な〜り！」
及川君も、皆にならって背をそらし、山頂《いただき》を見あげるなり、ひょうげた声で、
「ひゃあ〜！　こいつは、すこぶる豪気《ごうき》だ！　いや、大した普請《ふしん》だ！　なんともさ……」
と、感心しきり。
はたして、かの手ににぎられたる、新聞広告の仕様を見るに、

［高サ］十八間（三二・七米）
［頂上周リ］十八間（三二・七米）
［裾周リ］百五十間（二七二・七米）
［登リ距離］二百間（三六二・四米）
［下リ距離］二百三十間（四一八・一七米）

つくりは木造木骨《もくぞうもっこつ》の石灰《せっかい》ぬりにて、その上半分には、残雪《ざんせつ》と見たてた、白粉《おしろい》の化粧もほどこされ、山頂部には、天文鏡、望遠鏡をもうけ、東は隅田川《おおかわ》より鴻の台《こうだい》を、西は箱根《はこね》の翠巒《すいらん》より富岳《ふがく》の本山《ほんざん》を、南は府下を一覧の下に、北は吉原《よしわら》の遊郭《くるわ》より千住《せんじゅ》、戸田《とだ》を脚下《きゃっか》に俯瞰《ふかん》し――とありて、なるほど、帝都の、浅草の、一大奇観ともうされましょう。

しかるに、世には狷介固陋《けんかいころう》のひともあるもので、「明治文化」の石井研堂《いしいけんどう》先生におかれましては、これを「不器用のさざゐ殻《がら》のごとし」と評し、揶揄《やゆ》されておりましたが、いかさま大なりとて、所詮《しょせん》は張り子、張りぼてにしかすぎませぬ。さりとはもうせど、十二階の凌雲閣《りょううんかく》はおろか、いまだ花屋敷の五層の奥山閣さえない現今、これなる人造富士山は、帝都随一の高所高覧の場なので。

なんしろ、霊峰富士にそっくり模すという、その奇想！

浅草に日本一の名山をおっ建《た》てんという、その着想！

女人小人にも富士を螺旋《らせん》に登らせんという、その趣向！

いささか不器用でも、いくらか不出来でも、江戸ッ子ならば、施主《せしゅ》寺田為吉《てらだためきち》の意気《いき》を、工匠花亀の気概《きがい》を、買ってやろうというもの。じっさい、せんだって六日の開山式には、あいにくの小雨にもかかわらず、八千余枚の切符が売りだされ、大評判。去る十日までの五日間にも、十二万五千の都人が登って、大景気。

が、及川君、先客を見わたし、うんざり首をふって、

「それにしても、この行列ッたら……」

左右に二列ずつ、それが五〇米にもわたり、えんえん、つづくので。

すこしくさきにうちつどいたる、白行衣《ぎょうえ》に講印《こういん》染めの一団——富士講の信者どもからも、ぶすぶす、不平がこぼれ、

「このぶんでゆくと、小一時間も、またねばならんかの？」

「たしかに。いやにまたせますな。」

「いや、源《げん》さん、じきに門もひらきましょう。さすれば、すぐ……あ、あれは、なんでございましょう？　ほら、お山の頂に……？」

「ほう、山頂《うえ》にたれぞおるな。」

との声に、富士講連、山頂《いただき》を見あぐれば、目にも綾《あや》なる、錦《にしき》の衣《ころも》がひらひらと。日に映《は》えたる、金の飾りがきらきらと。

つられて、他の客も、目をこらし、

「それにしても、えらい綺羅《きら》を着てやがるが、あれ、女かな?」

「ああ。しかし、やけにおおきく見える。ありゃ、きっと……そう、六、七尺(一・八〜二・一米)もあろうかな?」

「たしかに、でっけえ。どっかの大女か?」

するとたれのものか、耳ざわりな、きいきい声がはっせられ、

「あれは……観音だ! 観音さまだ! 浅草の観音さまが、降《ふ》りきたったンだ!」

「ああ、ありがたや、ありがたや……」

「懺悔懺悔《さんげさんげ》、六根清浄《ろっこんしょうじょう》……」

手をあわせる者、唱文《しょうもん》をとなえる者と、あたりは騒然としはじめ、いまや及川君の目前でも、四十がらみの夫婦づれが、

「ねえ、あんたも見なよ! ほら、観音さまだってさ!」

「おめえは、ばかか? あんなの、活《い》き人形にきまってらァ!」

「ばかとは、なんだい、え? この、甲斐性《かいしょう》なし!」

「いったなァ〜！　この、あばずれ！」

と、横あいから、山高帽にインバネス、鯰髭《なまずひげ》の紳士ていが、両者《ふたり》のあいだに割ってはいり、

「いやいや、ご主人、いかにも、おかみさんのいうとおりだ。最前まで、山頂にはなにもなかった。」

「なんだ、おめえは？　いらぬ差しでぐちを、きくンじゃねえ！　引っこんでやがれ！」

「さ、差しでぐち〜？　こら、貴様、たれにむかって……」

「ヤァヤァ、喧嘩《けんか》だ、喧嘩だァ〜！」

かくて、順番まちの焦燥《いらだち》まぎれに、男衆はわあわあ、女衆はきゃあきゃあ、赤子もぎゃあぎゃあ、さわぎたて、それを聞きつけた見世連が、巡査連がはせさんじると、いっそ騒動に拍車がかかり、もう、どうにもこうにも、収拾《おさまり》がつかぬので。

ところが、ふいと、富士講の先達《せんだつ》らしいのが、大声一喝《いっかつ》、

「これ、皆ども、静まれ〜い！　あの、観音さまのご託宣《たくせん》が聞こえぬか！　ほれ、しかと聞かれよ！」

はたせるかな、耳をすませば、ひとともも獣とも、男とも女とも、なんとも判じかねる、甲《かん》だかい声が、かすかに聞こえきて、

汝《なんじ》ら、わが子らよ！　観音の子らよ！

お山へ登るべし！

登らば、きっと、ご利益《りやく》やあらん！

お山を巡《めぐ》るべし！

巡らば、きっと、徳や得られん！

お山を廻《まわ》るべし！

廻らば、きっと、福や来《きた》らん！


皆が陶然《とうぜん》と見つめるなか、その女人らしいのは、ふわりと身をうかせるや、すいと横へながれ、しばし、その場にて、じたばたと身もだえしたかとおもえば、急に衣の裾《すそ》をはばたかせると、だんだんに天へとのぼってゆき――と、観音さまが富士のむこうへすがたを隠すなり、折りよく、「ジャンジャン」と銅鑼《どら》が鳴らされ、

「これより開門～！　開門といたしま～す！」

しからば、皆、もぎりの手間《ひま》さえ惜しんで、切符切りに縦覧券を押しつけると、左手の登山口へと怒濤《どとう》のごとくに押しよせ、ぜいぜい息せききって、螺旋の山道をぐるぐる、駆

けのぼるので。

が、山頂には、ひとかげ一ツなく、蒼空《そうくう》にももはや、観音のかげはなかったよし。

さて、一方、われらが及川君はともうすに——皆のいきおいに毒気をぬかれ、門前にて、しばし、たたずむばかり。大ぐちあけたまま、ほうけたつらで突ッたって、いっそ案山子《かかし》か木偶《でく》のごとし。おのが職分に、はたと気づいたときには、もう、はやい者はとっくに山頂へかじりつき、彼方此方《かなたこなた》と指を差しており、彼氏、呑気《のんき》にもそれをあおいで、

「だいぶと遅れをとってしまったが、我輩も、そろそろ……」

と、門をくぐらんとした、その折りふし、印袢纏《しるしばんてん》に鉢巻《はちま》きすがたの香具師《やし》ていが、ひどくあわてたようすで、巡査にすがりつき、ことごとしい早口で、

「巡査殿、巡査殿！　てえへんだ！　見世《うち》に死人が雨《ふ》ってきやがったンだ！　こっちへきてくンねえ！　この裏手《そ》だ！　サァ……」

とて、ぐいぐい、巡査の手を引いてゆく。それに、見習い記者君、えたりとにやつき、

「なに〜！　死人が雨った〜？　よ〜し！　人造富士なんぞは、もうかまわん！　そっちをものしよう！」

かくひとりごち、こっそり、そのあとについて、縦覧場をぐるりと迂回《うかい》せば、かの筵小

屋の看板には——なんと！「蠟人形細工《ろう》　変死人競《へんしにんくらべ》」なる、おどろおどろしき文字が！

ちらとなかをうかがえば、蠟もて細工《つく》れる、土左衛門《どざえもん》にさらし首、首くくりに逆さづり、火あぶりの死体が！

目をむき、歯をむき、眉《まゆ》をつりあげ、髪を逆だてたる、まがまがしき形相《ぎょうそう》が！

そろりと足をふみ入れ、仔細に見ゆれば、屋根には、ぽっかと穴があき、そこから、ぽたりぽたり、くろき血汁《ちじる》がしたたり落ち、真下《ました》には——

嗚呼《ああ》！　首をなくした、むごき死骸《しがい》が！

「ひィ、ひィィィ～！」

おぼえず、及川君、腰をぬかし、這《は》いずりながら、見世をでるの段。

玄翁帰洛《げんのうきらく》

「さて、それは、こまりましたなァ～。当初のお約束《はなし》では、もう三割がた、十五、六話ぶんのお原稿を頂戴《ちょうだい》しているはずが……ねえ、阿閉《あとじ》さん、あなた、このところ、どうされました？　なにか、心配ごとでも？」

「い、いえ。その、あの、なんともうしますか……」

神田猿楽町《かんださるがく》は、お堀ばたのさびれた雑居ビル、そのすたれた一室。年代ものの丸机をかこんで、上座へ、つり目に尖《とが》り顎《あご》、ごま塩頭の狐《きつね》づら。下座へ、どんぐり眼《まなこ》にそッ歯、寝みだれ髪の鼠《ねずみ》づら。いずれも苦虫《にがむし》顔にての化《ば》かしあい。

ふけたほうが、能勢圭角《のせけいかく》、本名を圭介《けいすけ》、おん年五十二才。当人ふくめ、編集社員四名の、ふけば飛ぶような出版社「人外社《じんがい》」の社主。

かたや、若きほう、あだ名を「ちょろ万《まん》」こと、阿閉万《よろず》、当年二十六才。籍はいちおう、早大《そうだい》文科の学生だが、肝心の学業はそっちのけ、ひまにあかせて、三文雑誌の探訪記事だの、明治の奇事異聞の抄録《しょうろく》だの、小づかい稼ぎの遊民渡世《ゆうみんとせい》。

ところが、ひょんなことから、一ト月まえの昭和七年（一九三二）九月、彼氏が人外社《これ》より出版《だ》したる「新聞集成　明治怪事件録」が、大当たりで——といっても、たかだか一万六、七千部にしかすぎないが、それでも重版など滅多《めった》ない小書肆《こしょし》ゆえ、さっそく二匹めの泥鰌《どじょう》をねらって、かくて「下巻《つづき》を、下巻を」と、うるさく、せがみたてるといった委細《しだい》。

もとより、ちょろ万とて、にんまりほくそ笑みつつ、「うれしき悲鳴」をあげてみせたいところだけれど、それが全然うれしくない。ただの悲鳴にしかならない。なぜといえ、前作が好評を博した事情《いりわけ》の一ツに、迷宮にはいった事件に始末をつけるという、みごとな落ちがあったからで。しかし、今回にかぎっては、それがつけられぬゆえ、この大弱り。この大凹《へこ》み。

それでも、なんとか、この場をつくろわんとて、阿閉君、鞄《かばん》をあさって、ごそごそ、いいわけがましく、たらたら、

「い、いや……じ、じつをもうさば、次作《つぎ》に載せる予定の事件は、も、もう、とっくに二、三十もたまっておるンです。たとえば、そ、そう、明治三十年の二月、追いつめられた窃盗犯《ぬすびと》が、日本橋《にほんばし》のうえから忽然《こつぜん》と消えた怪事件やら……ほ、ほら、これ！　これなどは、いかがです？　同二十年、浅草は六区、死人が空より雨《ふ》ってきたという、世にも不可解なるの猟奇《りようき》事件！　ええ〜、それと、今回、大正時代も入れるとして、十一年は上野《うえの》公園にての平和博覧会のさいに……」

するると、社長さん、興ぶかげに、腰をうかし、かの帳面をのぞきこんで、

「な、なに！　死人が天より雨ったと！」

「ええ。どうぞ、どうぞ。」

ちょろ万、こはしたりと、即座《さつそく》に古新聞を筆写した帳面を差しだせば、人外社社主、ロイド眼鏡をもちあげて、ふうはあ、

「なになに……ほう！『〇血汁《ちじる》雨り、死人墜《お》つ』ですか？　しかも、堕ちたところが……

いやはや、変死人を飾った蠟人形屋敷とは！　これなど、じつに結構《グロテスク》ですな。巻の冒頭にもってきたら、さぞかし、読書子の耳目《じもく》をあつめることでしょう。しかし、抄録のほうは上首尾《じょうしゅび》のようなのに、なにゆえ書かれないのです？　阿閉さん？　ちかごろ、いかがされました？」

もはや、ごまかしも通じぬと悟ったか、芋《いも》ッ書生、肩を落として、がっくり、

「お、落ちが、つかんのです……」

それには、能勢氏も同じて、うなずき、

「まあ、なんといっても、そこがこの本の売り《かなめ》ですからな。それがないでは、そこらの実録物と変わらぬし、なれば、べつだん、阿閉さんでなくとも……あ、いや、これは失敬。」

かかる無礼にも、ちょろ万、腹の虫をぐっとこらえ、奥歯をぎりぎりと嚙《か》みしめ、頭《ず》をぺこりと下げて、

「い、いましばらく、お時間をいただければ、どうにか……」

「では、こういたしましょう。年内に半分足らず、二十話ばかりもおもちいただく。もちろん、きちんと解決編《ケリ》をつけたものをですぞ。残りは……そう、来年三月いっぱいということでは？　これならば、だいぶと余裕が出来るのではないですかな？」

「あ、はい。これ、一心につとめます。」

ごま塩頭、やおら席をたつと、客を追ったてんていで、いそいそ、戸口まで案内《あない》して、

「では、きょうはこれにて。お原稿、楽しみにしておりますぞ。」

「は、はァ〜。し、失礼しました。」

ちょろ万、ひどくまぜまな階段を、せかせか駆けおりながら、やたらとぷりぷり、

「ふん！　吝嗇《りんしょく》家めがッ！　客に茶の一杯もださんくせして、なァ〜にが、楽しみだッ！　勝手をぬかせッ！　きっと忘れまいぞッ！　あの狐親父《おやじ》ィ〜！」

しばし後、彼氏、水道橋《すいどうばし》の停車場にて、ふいと雨天《そら》をあおぐなり、しょんぼり顔を曇らせ、かく泣き言を吐いたよし。

「ああ〜、ご隠居がおったらなァ〜。」


秋雨《あきさめ》しとしと、濡れ紅葉《もみじ》。

鉄風炉《かなふろ》ほやほや、名残《なごり》の茶。

牛込《うしごめ》区は早稲田鶴巻《わせだつるまき》町の安下宿「玄虚館《げんきょ》」、その離れ。庭にめんした、四畳半ばかりの、その茶室。

風炉をはさんで、手まえが主人《あるじ》、俳号玄虚、茶号《さごう》を玄翁《げんのう》、いわく「玄翁先生」こと、間《ま》直瀬玄蕃《なせげんば》。だらり馬づらに、しろき総髪《そうはつ》、長き山羊鬚《やぎひげ》で、一瞥《いちべつ》、仙人ふう。ことし、かぞ

えで七十四にもなる、お爺さん。

むこうが客人《まろうど》、呑気《のんき》か、ノンシャランか、はたまた「のんこのしゃあ（ずうずうしい）」か、いずれにもせよ、「ノンコさん」こと、臼井《うすい》はな。まんまる狸《たぬき》づらに、あかき頰《ほ》っぺた、低き団子鼻《だんごばな》で、一見、田舎娘ふう。年ごろ十六、七の娘さん。

さような両人《ふたり》が、しんみり茶を喫《きっ》していると、ふいと、阿閉君、数寄屋《すきや》の小窓から、くだんの鼠顔《ねずみがお》を、ひょいとのぞかせ、わっと甲《かん》ばしり、

「ご、ご、ご隠居ォ～！」

よほどうれしかったのか、かなりにせつなかったのか、彼氏、涙をほろほろ、洟《はな》をだらだら、妙ちきりんな泣き笑いで、

「わ、我輩……ううう……ご、ご隠居とは、もう二ヶ目と……ああ……よかった……」

が、玄翁先生のほうは、げんなり苦《にが》り顔で、

「やれやれ、帰ったそうそうに、おぬしか。」

「い、いま、そちらへまわりますから、しばし、おまちを。」

かくて、ちょろ万、招《よ》ばれもせぬのに、勝手にあがりこみ、気がせくあまりに、鴨居《かもい》にごつんと額をぶっつけて、

「あ痛《い》ッてて～！　痛《つ》う～！」

とて、頭をかかえ、涙をうかべる。主と客のふたりも、声をあげ、腹をよじる。

「こ、この、うつけ！　あ〜はっはっはっ！」

「くっくっくっ……で、でも、大丈夫ですの？　あのお方？」

その声に、彼氏、ついと顔をあげ、娘をみとめると、へんにかしこまって、

「あ！　こ、これは失礼いたしました。お客来《らい》とは、とんと存ぜぬで。あの、我輩、阿閉ともうして、ご隠居とは、日ごろ、昵懇《じっこん》にさせていただいており……」

ご隠居、割ってはいるや、娘子にむかいて、

「はなさんや、こやつ、玄虚館《うち》の店子《たなこ》での、阿閉万ともうす浮薄《ふはく》な男だ。」

「あなた、浮薄なんですか？」

と、ノンコさん、まじまじ、阿閉君をにらめば、玄翁先生、店子にさきんじて、

「ふむ。なにごとも、ちょろっと手をつけちゃ、ほうりなげるので、それゆえ、あだ名をちょろ……」

「ご、ご隠居ォ〜、もう、堪忍《かんにん》してくださいョ〜。」

弱音《くち》のわりには、ちょろ万、はやばや末座に陣どるなり、やいやい口火を切って、

「それにしても、ご隠居、この十日ばかり、ぜんたい、どこへゆかれていたンです？　一言《ト》、いいおいてくれたら、我輩だってこんなに……」

「ちいと湯治《とうじ》へな。」

「湯治？」

「さよう。人間、年には勝てぬものでな。このところ、季節の変わり目などになると、どうも按配《あんばい》がすぐれなかったゆえ……」

しかし、店子はへんに勘ぐって、上《うわ》ッ尻《ちり》に、

「ははァ～？　さては、我輩が例の一件で、官憲《かんけん》に報《しら》せるとおもったのでしょう？　それで、しばし雲隠れを？　いきなり出立を？」

ご隠居、妙におたついて、腰をうかすと、

「な、なにをもうすか、この……痛たたた！」

と、にわかに腰部をおさえて、うずくまる。すかさず、ノンコさん、手を貸さんと、にじり寄る。されども、玄翁先生、首をふり、加勢を断って、

「い、いや、大事ない。なんの、これしき……」

ひとり、ちょろ万、とぼけたつらで、

「ご隠居、その腰は？　ぎっくり腰でも？」

「ああ、ちいとむりがたたってな。」

老翁に代わって、娘子が委細《いさい》をつくす。

「夜中《やちゅう》に旅館《うち》のお台所から、小火《ぼや》がでたのです。それを、先生がいちはやく気づかれ、おひとりで水を掻《か》いだし、消し止められたのですが……それで……」

「こ、腰をな、すこしばかり、痛めたのさ。」

が、阿閉君、ご老体のかげんを案ずるどころか、からからと高笑をはっして、

「あ〜はッはッ！　これは文字どおりに、年寄りの冷や水ですナ。い〜ひッひッ！」

「はなさんや、これは、そういう男だ。」

「ひとさまの不幸を笑うとは、まったく、なにごとでしょう？　あなた、お年寄りは労《いた》わらねば、いけませんよ。」

と、ノンコさんの、年に似あわぬ分別《ふんべつ》くさいものいいに、さすがのちょろ万も、いささか気ぶっせいに、顔をしかめ、くちをつぼめて、

「それだったらば、いますこし、逗留《とうりゅう》をのばしたらよかったのに？」

「なんだ、儂《わし》が帰ったのが不服か、え？」

「い、いえ、そうでなく。ただ、ご隠居のお身体《からだ》をおもえばこそで。」

「ふん。いまさら、なにをいうか。もとより、儂とて当初《はじめ》はそのつもりでおったさ。しかし、早稲田《だいがく》の五十年祭に招ばれたものでな、それで、まあ、いたし方なく……」

「五十年祭？」

「しらんのか、おぬし？　よもや儂がいぬまに、放校になったのではあるまいな？　まだ学費の滞納をしておったか？」

「いえいえ。このところ、大学のほうは、ちょっとごぶさたで……それに我輩、格式ばったのも苦手で。しかし、どうしてご隠居が、大学の五十年祭に？」

「ああ、大学には、いくらか喜捨《きしゃ》をしておるからの。くわえて、まえの高田《たかだ》（早苗《さなえ》）総長とは詩友でもあり、一ツ、あれの銅像とやらを、おがみにいってやらねばとおもってさ。で、こうして、むりを押して箱根《やま》よりおりてきた。この、おはなさんの手を借りてな。」

「へェ～。」

「ところで、おぬし、なんの用だ。」

「ええ～、あの、例の『明治怪事件録』、その下巻《つづき》の件で、ちょっと……」

「またか？」

「はァ、それが、明治二十年の浅草で……」

しかるに、ご隠居、否《いな》、否と首をふるや、渋《しぶ》ッつらで、きっぱり、

「わるいが、儂はその時分の浅草はしらぬ。」

「へ？　そりゃまた、どうして？」

「おぬし、忘れたか。儂は当時……」

「あッ、そうか、そうだった！　そのころ、まだ、ご隠居は……」

ご老体、娘子のほうに、ちらと目くばせするや、ぴしゃり、

「しまいまで、いわずともよい。」

それでも、店子はしつこく食い下がる。なんとか、四十五年まえの猟奇事件に、落ちをつけんと、ねばりにねばる。

「でも、ご隠居ほどの事情通なれば、かつて浅草にあったという、お富士さんはご存じでしょう？」

「ああ、人造富士か。聞いたことはある。」

「あろうことか、その裏手にあった、変死人をならべた、蠟人形細工の小屋掛けに、死骸が雨ってきたンです。」

「どこから？」

「そりゃ、天からですョ。」

「ふむ。天よりな。」

「くわえて、そのすこしくまえ、お富士さんの山頂にも、観音さまらしいのがあらわれ……まァ、そちらのほうは、おおかた、富士講の信者あたりがふいたもので、かなりに眉《まゆ》唾《つば》モノでしょうが。だいたい、そんな経緯《いきさつ》なんですが、もう、どうにもこうにも、落ちが

つかなくッて……それで、我輩、いま弱りきって……」
「ほう、観音の。」
そこで、ちょろ万、またまた、あの帳面をもちだして、
「くわしきところは、ええ～、これ、この記事のうつしにありますが……」
句《うた》を詠《よ》み、茶をたて、遊戯にも、芸事にも、はては遊里《くるわ》にさえも明るい、玄翁先生では
あるのだが、へんに俗っぽいところもありて、市井《しせい》の奇事怪事やら、巷間《ちまた》の珍聞異聞やら
が、大の好物で。もっとも、頭《ハナ》から信じるわけでなく、かかる不思議の綾《アヤ》を解《と》いてみせる
のが、かの道楽で。
しからば、ご隠居、店子のたらした餌《えさ》に、まんまと食らいつき、気を入れて記事を読み
ふけるから、
「それでは、玄翁先生、あたいは、そろそろ……」
と、ノンコさん、ついと座をたち、身じまいをはじめる。首座はあわてて、引きとめ
る。
「こ、これ、そなた、なにをもうされる？　まさか、おまえさん、これより、ひとりで箱《はこ》
根《ね》に帰ろうなどというつもりじゃあるまいな？」
「はい。そのつもりですけど……」

「いかん、いかん！　うら若き娘に、ひとり旅などさせるわけにはゆかん！　しかも、夕もまぢかい。とはいえ、儂はこのとおり……」

するとご隠居、ちらと店子を見やりて、にんまり。ちょろ万、その意図をさっして、ぎっくり。

「ご隠居、まさか……？」

「よもや、いやとは、いうまいな？　おぬしには、だいぶと貸しがある。よいか、この娘さんはな、儂が例年世話になっておる、箱根の温泉宿のお女中でな、こたびは道中、わが杖《つえ》となりて厄介《やっかい》をかけた。」

「はァ、さようですか……」

先生、こんどは、ノンコさんのほうへむきなおり、口舌《こうぜつ》やんわり、

「しかし、そなたも箱根へもどられるまえに、ほれ、東京見物でもされていったら、いかがかな？　女将《おかみ》には、儂が報《しら》せておくが？」

「いえ、あたい、そんな……」

と、しきりに首をふる、けなげな娘さん。かたや、はや話をすすめる、勝手なご隠居さん。

「まあ、かように年寄りの侘《わ》びずまいだが、今宵《こよい》はゆっくりしていきなさい。あすのお式

には、迎えを寄こしてくれるよう、大学側《むこう》につたえてあるゆえ、はなさんは東京見物でもしてこられるとよい。この阿閉君が、銀座に、浅草に、そなたがのぞむところを案内してくれよう、な?」

まさか日向《ひなた》くさい娘ッ子の、東京見物に駆りだされようとは、存じのほかのちょろ万、つらつき、げっそり、気ぶりも、げんなり、

「な、なにも、我輩でなくとも……」

と、小やかましく、つべこべ。さりとて、大家は、おかまいなしに、つけつけ、

「よろしい、話はきまった。では、あすは、はなさんをよろしくたのむぞ。まちがっても、あやしげな界隈《かいわい》を連れまわすでないぞ。どれ、儂は、すこしく横になるか……ああ、その帳面はおいてゆけ。腹案《ふくあん》がないこともない。しばらく思案してみる。」

「そ、それは……ご感謝もうします。なにぶん、よろしきを。では、はなさん、あすは安《やす》んじて、我輩におまかせくだされ。」

かくて、右なる段、昭和七年十月十六日、夕景のよし。

きょうは旗日《はたび》で。神嘗祭《かんなめさい》で。

この三日ばかり、すっきりしない天気がつづいたが、この日はからりと晴れあがり、

雨天《そ》のうさ晴らしか、朝来《ちょうらい》、たいへんな雑踏《にぎわい》。上野のお山は帝展で、神宮《じんぐう》の外苑《がいえん》は小学生の陸上競技会で、銀座《ぎんざ》の街頭は松屋《まつや》に三越《みつこし》、松坂屋《まつざかや》と、百貨店めぐりで、郊外へとむかう臨時列車は紅葉《もみじ》狩りでと、どこへいっても、たいそうな人出。

さようなメトロポリスの奏《かな》でる交響曲《シンフォニー》に、さだめし、山だしのノンコさんなぞは、おろおろ、おたおた、足をすくませ、身をちぢこませ、で、阿閉君のいうがまま――となるはずだったが、あにはからんや、ヤレ「上野から浅草まで、地下鉄に乗りたい」の、ソレ「新橋《しんばし》演舞場で、宝塚《たからづか》歌劇団のレヴューが観《み》たい」の、「銀座のカフェキリンで、名物のライスカレーが食べたい」の、それでも足らずに、資生堂《しせいどう》の洋菓子《ケーキ》だ、炭酸水《ソーダ》だ、有楽町《ゆうらくちょう》の邦楽座《ほうがく》で、パラマウントの映画《トーキー》だと、逆に彼氏を引きずりまわし、たっぷり散財させたあげくに、にっかり、あいらしい笑くぼを見せて、

「あら、いけない！　皆に頼まれてた、お買物！　万兄《に》ィさん、ちょっと、そこの白牡丹《ぼたん》までつきあってくださいませね。あたい、お化粧品を買ってこなくっちゃ。さあ、いそぎましょう。」

気づけば、はや夕もまぢか、かの足はずっしり鉛棒《なまりぼう》のよう。かの目はどんより死魚《しざかな》のよう。ようよう満腹《みちた》りたものか、ノンコさん、ちゃっかり買物袋を書生にあずけ、おっとり悠然《ゆうぜん》たる調子《ものいい》で、

「万兄ィさんは、よろしいの？　そう？　じゃ、そろそろ帰りましょうか。」

が、市電に乗りこむなり、ちょろ万、ふいと小用をおもいだし、須田《すだ》町で降りるところを上野公園前まで足をのばし、そこで、神明《しんめい》町方面の二十七系統に乗り換えて、

「我輩、ちと用むきがあって、これより根津方面に寄らせてもらいますが、ほんの半時間も要しないので、しばし、おまちくだされば……」

「はい。あたい、お供《とも》しますわ。」

「へ？　我輩、べつに供をせよとは……」

「だって、万兄ィさん、ひとりきりじゃ、心配ですもの。やっぱり、あたいがついてなくっちゃ。ね？」

と、五尺（約一五二糎《センチ》）と四尺八寸（一四五糎）の、凹《ボコ》々二人づれ、足なみそろえて、むかったさきが、根津藍染《あいぞめ》町は円頓《えんとん》寺。墓所をふくめ、敷地二十坪にも満たぬ、ちいさき末寺《まつじ》にて、折りふし、墓まいりの檀家とてなく、境内《けいだい》はひっそり閑《かん》と、ただ伴僧らしいのが、ぽつねん、くれゆく夕日を背に、「しゃっしゃっ」と落葉を掃くばかり。

それへ、阿閉君、古書と自著を手に、

「ごめんくださいまし。我輩、阿閉ともうす書生ですが、冬扇《とうせん》先生はご在宅で？」

「は？　冬扇？」

と、なま若《わか》な僧が、怪訝《けげん》なつらでかえすので、ちょろ万もあわてて、古書の奥付《おくづけ》をひらいて見せれば、

「奥付の所番地によれば、たしかに……」

「ああ〜、はいはい、ご住職さまですね？　ええ、おりますが……なにか、ご用で？」

「十五年まえに、冬扇先生がお書きになられた、このご本について、うかがいたきことがございまして。」

「さようですか。では、庫裏《こちら》へ。」

して、通されたのが、あんがいにも、モダーンな意匠《つくり》の洋間で。したにびっちり赤絨《じゅう》毯《たん》、うえにふっさり飾電灯《シャンデリア》、棚にぎっちり「大蔵経《だいぞうきょう》」と、ご両人、見惚れているまに、洋装に光頭《こうとう》なる、異体《いてい》の老翁《ろうおう》あらわれ、椅子をすすめて、

「いかにも、わしが冬翁じゃが。」

かつては「すこ甘《あま》」と笑われた及川君も、ついに盛年《せいねん》かさねて学なりて、少年老いて頭光りて、いまや堂々たる物腰《こなし》の導師さま。それが、重々しい濁声《だみごえ》で、

「さて、本ともうされると……？」

「ええ〜、これ。この本なンですが。」

かく阿閉君が手わたしたるは、菊判三百頁ばかりの、あかき装丁《そうてい》の古書にて、表紙には

及川冬扇著「明治の新聞記者」とあり――と、老住職、見るまに表情をやわらげ、いましも頬ずりをせんばかりに、本のあちこちを撫《な》でまわし、

「おお〜、これか、これか。いや、なつかしい。ほう、大正六年だったか。あれは、たしか兄が死に、わしが僧籍にはいって……あ、いや、これは失礼した。つい、むかしがおもいだされてな。それで、なにか訊《き》きたきよしがあるそうな。」

「ええ。それが、あの、浅草の見世物小屋に、死人が雨ったという……」

ご住職、見習い記者時代の失態《へま》を想起《おもいだ》したものか、ふいにしかめッつらで、ぶすっと、

「ああ、あれか。」

「はい。で、我輩、このように明治の新聞を渉猟《しょうりょう》して、本を書いておる者ですが、この事件を書くについて、当時の『江湖新報《こうこしんぽう》』にも当たり、そのうえで、先生にいくつかお尋ねしたきことがあり……」

「ほう、それは？」

ちょろ万、ご愛用の手控《てびかえ》をひらいて、

「ええ〜と、まず第一《はじめ》に……死体が年ごろ、十二、三の少年のものだったというのは、たしかで？」

「ふむ。まあ、お医者さまがもうされたことだから、まちがいあるまい。」

っていたが。」


「さほどにちいさかったと?」

「わしは、かの身のたけ、三尺（約九一糎《センチ》）ほどと記憶している。もとより、首はなかったが。」

「で、死体の身許は、けっきょく……?」

「判《わか》らずじまいさ。」

「すると、遺骸の引きとり手なども?」

「ああ、いっかなあらわれぬので、せん方なく、誓願寺《せいがん》の無縁塚《むえん》に葬《ほうむ》ったとか聞いた。が、もはや、その誓願寺とて……」

「たしか、震災後に移転されたのでしたナ?」

「さよう。」

「縁起でもないことを訊くようで、しごく痛み入りますが……くだんの死体の切れくちは、いかなるぐあいで? 切れ味するどき、刃物で切られたような、すっぱりときれいに? それとも……?」

いま住職、むかし見習い記者、腕をくみ、目をつむり、うつむいて——やがて、不景気な顔をあげると、ぼそぼそ、

「いや、あれは……ひどい傷ぐちだった。ふむ……さよう、巨人のばか力で、ねじり切ら

れたような、すこぶる、むごいものでな。こう、ぎゅうっとさ……しかるに、かの傷は切られたともうすより、ひしゃげたような、裂かれたような、奇妙にふぞろいの痕跡《てい》をなしておった。」

と、主人の身ぶり手ぶりの仕方話《しかた》に、客のご両人、色をうしない、舌もつれに、

「ね、ね、ねじり切られたですって？　なんて、おぞましいこと！」

「きょ、巨人、ですか？」

「ふむ。」

さりとて、阿閉君、ここで訊かずば、いつまた訊かれんとばかりに、しっかと度をすえ、すっぱと筋だて、おもいのたけを、かく住職へぶつける。

「なれば、見世の余興とか、新手《あらて》の客寄せとか、まるで、そういうことではなかったと？　我輩、どうも、変死人の蠟細工を、呼び物にしていた見世だけに、偶然にしても、あんまり出来すぎているような気がして……？」

「これ、よいか？　巡査もきて、お医者も喚《よ》ばれて、それが見世のお芝居でしたで、すまされるとおもうのか、おぬし？　それこそ、ふけば飛ぶような小《こ》見世が、そんな大それたことをするはずがない。もし、そうであったらば、連中の営業免許なんぞ、簡単にとりあげられてしまう。そもそも、死体《あれ》はまごう方なき真物《ほんもの》ぞ。そんなものを細工物とて、つこ

うてしまったら、死体売買の科《とが》にも問われようが？」

　口調はやわらかだが、住職の毅然《きぜん》たる物腰《ものいい》に、ちょろ万、たじたじ、

「は、はい、了解しました。で、では、最後になりますが、首のゆくえは、その後も、まるきり……？」

「判らぬ。官憲もしきりと探しまわったようだが、けっく、でてこなかった。」

　主人の不機嫌づらに、もはや潮時《しおどき》と悟ったか、阿閉君、丁寧に礼をいい、席をたったのだが、はたして、客間をでしなに、ノンコさん、ぬけぬけと、

「あの、ご住職さま……？」

「なんだね？」

「最前、巨人ともうされましたが、それはお富士さんにでたとかいう、観音さまとはちがうのでしょうか？」

「なに、観音？　これ、娘さん！　滅多なことをくちにされるでないぞ！　よもや菩薩《ほとけ》さまが、さようなむごい所業をなされるはずがない！　さあ、もうよかろう。そろそろ、お引きとりねがおうか。」

　塩こそまかれなかったが、露骨に追いたてを食らう、二人組だった。

一挙博覧《いっきょはくらん》

土鍋《どなべ》にぐつぐつ湯豆腐《ゆどうふ》に、お椀《わん》にとろとろ薯蕷汁《とろろじる》。平皿《ひらざら》へてらてら鱸《すずき》のお造《つく》り、茶碗へほかほか栗《くり》おこわ。

玄翁先生にちょろ万、ノンコさんと、三人仲よく膳をかこんで、つかのま、にぎやかなるお夕飯《ゆうはん》。

「ほほう、それは堪能されたようだの。」

「我輩のほうが、さんざん連れまわされましたョ。まァ、東京をよくご存じで。」

「はっはっは。なんしろ、はなさんは、女丈夫《じょじょうぶ》だからの。」

ところが、彼女はしょんぼり、さびしげに、

「でも、あたい、お山へ帰りとう、なくなってしまいました。ほんとうは東京《こっち》で、洋裁《ようさい》のお勉強をしたかったのですけれど……親なしの身で、ちいさき弟がいては、そんなわがままも……」

「はなさんや、けして望みは捨ててはならぬぞ。うもれ木に花が咲くこともあろう。」

と、ご隠居がおため顔で諭《さと》すのに、阿閉君、ひょうげた顔で、へらへら、

「老い木に花咲くともいいますナ。えへへ。」

「これ、おちびん、へらずぐちをもうすでない。よいかな、はなさん？　俚言《りげん》に、一念岩をも通すという。望みさえ捨てずにおれば、なにが契機《きつかけ》で、有卦《うけ》に入《い》らぬともかぎるまい。な？」

「あ、はい……」

で、ご隠居、長い顎をしゃくって、いわく、

「たとえば、ほれ、この男さ？　窮《きゆう》すれば通ずとばかりに、なんの当てもないくせに、まあ、いろいろと手をだすが、それでもふしぎとなんとかなっておる。それもひとえに、儂の援助《たすけ》があればこそだが、それもまた、一ツの縁《えにし》、有卦といえよう。」

「す、すると、こたびの、死人の墜落も？」

とて、ちょろ万、卓に手をつき、身を乗りだして、そわそわ。かたや、ご隠居、悠然と薯蕷汁をすすりて、にやにや。で、

「ふん、わけもない。」

「まさか、犯人の目星《めど》などは……？」

「いささか。」

「しかし、いかにご隠居とても、犯人の名までは、さすがに……？」

玄翁先生、おこわの栗を一ッつまむと、これ見よがしに、こりこりと噛んで、やおらうなずくや、きっぱりと断じて、いわく、

「観音よ。あれが少年《かれ》を殺《あや》めた。」

「は、はァ～？　か、観音ッて、そりゃあ……ああッ！　もしや、観音の正体が、死んだ少年だったとか？　それで、お富士さんの山頂から落っこちてしまい……？」

と、ちゃかちゃか、せわしない店子に、大家、二度三度と首をふるって、

「惜しい。が、いまだ遠い。」

すこしく落ち着いて、阿閉君、腕をくみ、首をひねり、たいそう思案づらで、

「ふ～ん。まァ、たしかに、そうですナ。山頂に降りきたった観音さまは、身のたけ、六、七尺はくだらなかったというし、観音《それ》に少年が化けたのじゃ、かの首がもげた絵解きもかなわぬし……」

ふいとご隠居、話題を転じて、

「ところで、阿閉君や？　お富士さんの山頂にて、かの観音が見られたのは、いつのことかの？」

「ええ～、明治二十年の十一月十三日で。」

「して、その開山日は？」

「その前週《まえ》の日曜、六日で。」

「では、六日と十三日のちがいは、なんだの？」

「ええ？　ちがい？　はてな……？」

と、ちょろ万、耳を掻き、鼻をほじり、せかせか。それを尻目に、ノンコさん、目尻を下げ、笑くぼを凹《へこ》ませ、にこにこ、

「万兄ィさん、ほら、お天気ですわよ。」

「て、天気？　ああ、たしかに六日の開山日は、小雨が降っていたとのよしですが、それが？」

いっかな筋が見えず、芋ッ書生、両人を見やりて、いらいら。老翁と娘子は、当てつけがましく、たがいを見やりて、にやにや。

「つまりな、雨天なれば、観音もあらわれなかった、そういうことさ。な、はなさんや、そうだの？」

「ええ、きっと。」

あわれ、ちょろ万、ひとり蚊帳《かや》のそと。で、むくれたあまりに、卓を「どん！」とたたき、声をあらげ、

「ええい！　我輩、さっぱり判らんぞ！」

「これ、八つ当りするでない！　事件の経緯をじっくり、して仔細《しさい》に勘案《かんあん》してみるがよい。さすれば、たれひとりとして、観音が天より降りきたるすがたを、見ておらぬことに気づくはずだ。」

「でも、天界《そら》に帰っちまいましたョ。それは皆に見られて……」

「まあ、そうせくな。つまり、ふいに観音があらわれたるにも、歴《れき》たる理由があるのさ。」

「歴たる理由？　それは？」

「そのからくりこそが、そもそも、この不幸な事件の因《もと》となった。どうだ？　これほど意をつくしても、まださっしられぬか？」

「ああ〜！　からくりだの、不幸だのと……もう、じれったい！　勿体《もったい》をつけないで、とっとと種を明かしてくださいョ！」

彼氏、辛抱《しんぼう》しきれずに、手足をばたばた、まるで駄々《だだ》ッ子のよう。ご隠居、あきれたように、頭をいやいや、いっそこの場を逃《のが》れたそう。

で、渋ッつらに、尖り声で、

「しかし、おぬしのせっかちは、まるで変わらぬの。それを治さねば、いずれひどい目を見るぞ。まあ、よいわ。さて、くだんの観音だが、かの正体とは、畢竟《ひっきょう》……」

「ひ、畢竟……？」

と、店子は鸚鵡《おうむ》がえしに、じりじり。大家は憎々しげに、ぎしぎし。

「大凧《おおだこ》である。」

「お、大凧ォ〜。まさかァ〜？　あの観音さまは、立派な綺羅を着ていたのですぞ！　いかに大凧とても、それはむりでしょう？」

玄翁先生、弟子の舌長《したなが》をぴしゃりと断って、

「黙《だま》らっしゃい！　よう聞かれよ！　ゆらい、変わり凧の一ツに、振袖《ふりそで》凧なるがある。いく重《え》もの振袖をかさね、それを地に骨を組み、凧とて仕たて、その天にはばたける、羽衣《はごろも》のごとき雅趣《がしゅ》をめでるのさ。それが観音が着ておった綺羅の仕かけよ。して、金飾りなるは、およそ金糸《きんし》などで編んだ首巻きであったろう。よいかの？　そもそも、観音《あれ》が大凧であらばこそ……」

ご隠居いわく、たとえ小雨なりとも、凧は雨空には飛ばせぬと。それゆえ、開山日六日の雨天でなく、翌週十三日の晴天をまたねばならなかったと。また、凧なればこそ、山頂へ寝かせておけば、したからも見あげられぬと。しかるに、突如あらわれたように見えるは、凧を山頂にて起こしたよしと。

「では、大凧と少年は、どう関わり……？」

「まず一に、地上《した》よりの合図《さしず》で、表裏を逆さまに貼《は》りたる大凧、すなわち振袖凧を起こす

の役。その二に、声変わりまえの高声もて、ご託宣とやらを語るの役。その二ツをかねておった……が、望外《ぼうがい》のはげしい横風にあおられ、大爪はかの首を引っかけてしまった。木枯らしの季節だったのも不運じゃったの。まっ、そういった委細さ。」

それに、ちょろ万、口ばやに、ぽんぽん、

「そうかッ！　そうかッ！　それで、当初《はじめ》、観音が横にながれて見えたのは、ふいの横風のためだったのかッ！　で、爪が少年の首に引ッかかり、観音も身もだえしているように見えたわけかッ！」

「年あい、わずかに十二、三才とて、さぞかし頸部《くび》も貧弱《かぼそ》かったであろう。しからば鋼《はがね》などを編みこんだ鉄糸《かないと》なれば、風にあおられた大爪の重みで、あっさりかの首をもいでしまったに相違ない。」

が、阿閉君、天井のふし目をあおぎ、小首をかしげ、ぼそぼそ、かくひとりごちるので。

「で、でも、当時見習い記者だった、円頓寺の住職によれば、かの傷ぐちは、あたかも、巨人がごとき強力《ごうりき》で、ねじ切られたように……い、いや、まさかな？　それはきっと……そ、そうだ！　それより、ご隠居、そもそも、あんな人出のおおい六区で、どこから爪をあげるので？」

「むかいのお寺さ。たしか……」

「せ、せ、誓願寺！」

「しかとは判らぬが、かの首が落ちたのも、おそらくかの誓願寺であろう。首よりしたの遺骸が、そこへ葬られたのも、ただの偶然でないかもしれぬ。あるいは、墓所のなかにては、五体そろって埋《う》められておったのかも判らぬぞ。ふむ、ひそかに縦覧場の連中によってな。」

「すると、この事件の根《もと》は、ひとえに縦覧場の宣伝のため？　かの観音も、ひとあつめのお芝居だったと？」

「そういうことさ。げにも不憫《ふびん》なる少年よな。」

その一《ト》言に、なま若なる書生と娘子は、あわれ、名もしられず夭逝《ようせい》せられた、かの少年の不幸を悼《いた》み、しょんぼり沈んで、かたや、ご隠居は、両人を諭《さと》すように、ひとり、くだくだ縷々《るる》をつくして、

「そもそもだ、たかだか人間がごときが、観音のまねごとをするなど、おそれおおいわ。しかも、えりにえって、安政《あんせい》の大地震にも、大正の大震災にも、唯一災禍《さいか》をまぬかれた、効験《こうけん》あらたかなる、浅草観音の目前にてとは。まったき、菩薩《ぼさつ》を愚弄《ぐろう》するにもひとしき所業よな。さすれば、こたびの一件も、一ツの仏罰《ぶつばつ》ともうすべきだろう。まあ、応報《おうほう》じゃ

な。しかるのち、かの縦覧場が大風《おおかぜ》によりて破損《はそん》せられ、けっく二年たらずの短命にしまったのも、あながち、さような慢心《おごり》のせいともいわれまい。死んだ少年には、いっそ気の毒だが……」

夜気《やき》も冷《ひ》ややか秋の宵。

団欒侘《だんらんわ》びしき夕の膳。

晩いまだ浅《あさ》し、秋の長夜《ちょうや》なり。

そののち、阿閉君、震災後の大正十三年、浅草は六区、新大池架橋《かきょう》工事のさいの新聞《きじ》を見つけ、いささか首をかしげたよし。

――浅草六区新大池の珍事――

駒《こま》ならぬ髑髏《されこうべ》？

瓢箪《ひょうたん》池より出《い》づ！

其ノ二【高輪】

坂ヲ跳《ハ》ネ往《ユ》ク髑髏《サレコウベ》

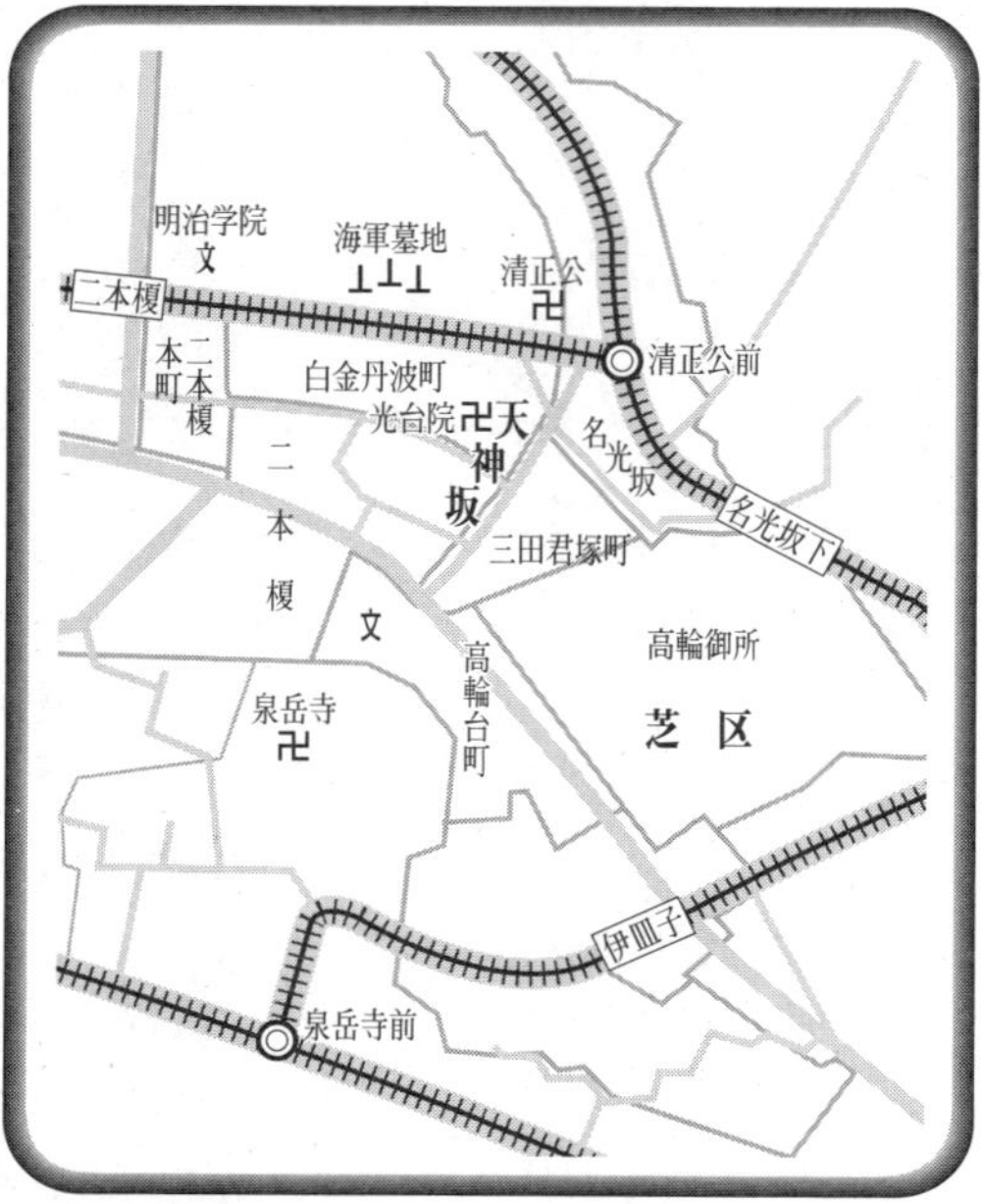
明治学院
海軍墓地
清正公
二本榎
清正公前
二本榎本町
白金丹波町
光台院
天神坂
名光坂
二本榎
三田君塚町
名光坂下
高輪御所
高輪台町
泉岳寺
芝区
伊皿子
泉岳寺前

亡者《ぼうじゃ》の坂《さか》

とおりゃんせ、とおりゃんせ
ここはどこの細道じゃ
天神《てんじん》さまの細道じゃ
ちょっととおしてくだしゃんせ
ご用のないものとおしゃせぬ
この子のななつのおいわいに
お札《ふだ》をおさめにまいります
行きはよいよい、帰りはこわい
こわいながらも——

細雨《さいう》じとじと、夜寒《よさむ》ぞくぞく、冬しぐれ。

夜灯《ともしび》ほのか、街頭《まちかど》うつろ、丑《うし》みつどき。

「ちょ、ちょっと、阿閉《あとじ》さん？　いまの聞いた？　その、あの、小《ちい》さ子《こ》が歌うような、わらべ歌のような?」

「いいえ、べつだん、なにも。さては……尚子《しょうこ》サン?」

「な、なによ! 妾《あたし》、臆《おく》したわけじゃなくってよ!」

ときは昭和も、はや七年（一九三二）、十一月の十八日。

ところは芝《しば》区名光坂《めいこうざか》下、市電の交点《ポイント》、清正公《せいしょうこう》前。

ちょうど泉岳寺《せんがくじ》から北の裏手、一ト山こえたあたり。

かつてはこの一帯、いちめんの葦《あし》原で、蛍《ほたる》の名所で、また斬首場といい、地獄谷といい、まァ、なんにしろ、非常な閑地《かんち》ではあったのだが、それもいまはむかし、大道を市電がゆきかい、学舎が尖塔《せんとう》をそびやかし、借家が甍《いらか》をならべて、そのはざまに、中小の社地寺地がたてこむといった、えらい変わりよう。それもそのはず、震災からかぞえて、もうまる九年、復興も一ト段落ついたそう。

さりとはもうせど、草木もねむる丑みつどき、しぐれそぼふる雨げしき、月波《つきかげ》なく行人《ひとかげ》なく、さきの二人組のほかは、うごくものとてなし。四方《あたり》は、ひっそりしっとり、闇にしずむばかり。

「ねえ、阿閉さん?」

「な、なんです?」

「そんなに引ッつかないでいただける？　こわいのは判《わか》るけど……あちこちさわるの、よしてくださらない？」

「こ、こわい？　ばかをいっちゃいけませんョ。ただ、こうも暗くっちゃ、いたし方ないじゃありませんか。足許《もと》さえ、はっきりしないンだから……おッと、失礼！」

「もう、いいかげんにして頂戴《ちょうだい》！」

さてさて、これなる珍妙の二人づれ、さきに立つのが女のほうで、諸井《もろい》レステエフ尚子女史。もっぱら政界の醜聞艶聞《しゅうぶんえんぶん》、市井《しせい》の珍談奇談ばかりをあつかう二流新聞、「帝都《ていと》日報」紙の雑報記者にて、おん年《とし》二十三。白系ロシヤ人との混血児で、ふっさり赤毛にきりりと青目、まんまる柳眉《りゅうび》にとんがり鉤《かぎ》鼻、身のたけ五尺と三寸（一六〇糎《センチ》）、男装すがたもいとりりしい、男まさりのお嬢さん。

かたや、その尻にまとわりついて、いっかなはなれぬ金魚の糞《ふん》、「ちょろ万《まん》」こと阿閉万《よろず》。みずからこのんで、明治の風説巷説、昭和の奇事怪事を追っかける、雑誌の種《たね》とり記者とて、当年とって二十六。上州《じょうしゅう》は碓氷《うすい》郡の山だしで、寝みだれ髪にどんぐり眼《まなこ》、げじげじ眉にあぐらッ鼻、上背《うわぜい》わずかに五尺（一五二糎）っきり、黒サージすがたもむさ苦しい、早稲田《わせだ》の書生さん。

して、なにゆえ、かような凸凹二人組《でこぼこコンビ》が、かような夜ふけに、かようなところを、うそうそ、いそいそ、うろつきまわっているかともうすに——

——芝区三田君塚町《みたきみづか》の不思議——

颱風《たいふう》一過の帝都の怪!

生首が夜道を飛ぶ?

相次ぐ目撃談に住民も困惑の色隠せず

昨十六日払暁《ふつぎよう》午前三時頃、二本榎《にほんえのき》二丁目十六番地大工山内大《やまうちだい》(四一)氏は今次の颱風被害を蒙《こうむ》りたる家屋の修繕後始末《あとしまつ》に追はれ、残務深更に及びて此の時刻の帰途《きと》と相なりしが、其の途次、三田君塚町は天神坂《てんじんざか》を上り掛るに、眼《めの》前《まえ》を二個の生首がピョンピョンと飛び交《か》ふを目にして肝《きも》を潰《つぶ》し、泡を食らつて近くの交番所へと駆け込みたるが、而《しか》して二名の巡査共々《ともども》再三に亘《わた》り現場を検分した処《ところ》、こは如何《いか》に?生首おろか野良猫の一匹と見へず、何の証拠も発見せられなかつた故《ゆえ》、今件は一《ひとえ》に山内氏の過労に因《よ》る幻影と結着を見たが、然《しか》るに付近の住人が語るには、何と!十四五日の颱風襲来以降二日間に山内氏の他四名もの目撃者があつた由《よし》とかで、当地にては誰云《い》ふとなく亡者坂とも幽霊坂とも称して、一旦日《ひとたび》が暮るゝや皆、天神坂を避け迂回《まわりみち》をする有様《てい》にて——

（昭和七年十一月十七日付『帝都日報』）

と、右なる記事の真相を、怪異の実相を、記者おんみずから見さだめんという、なんとも、まァ、殊勝《しゅしょう》なこころがけで。まったくもって、粋狂《すいきょう》なふるまいで。

「ああ、きっとここでしょう、くだんの亡者坂は。」

「そうね。……」

「今晩《きょう》もでますかネ？」

「さあ、どうかしら。すくなくとも、生首じゃないことだけはたしかね。ふん！」

「はァ？　生首じゃない？　どういうことです？」

薄闇をとおして見れば、かの尚子嬢、柳眉をさか立て、紅唇《こうしん》をとがらし、いらいら、ぷりぷり、忿懣《ふんまん》やる方なしといったていで、

「真実《ほんとう》は髑髏《されこうべ》だったのよ！　妾は住民《みな》から聞いたとおりに、そう書いたのだけれど……編集長が髑髏より生首のほうがいいだろうって、ずっとおどろおどろしいだろうって、勝手に妾の記事に朱《しゅ》を入れ……まったく、もう！　こんな、ひとをばかにした話ってある？　ねえ、阿閉さん？」

で、ちょろ万、「ええ、我輩《わがはい》なぞはしょっちゅうですョ」「生首でも髑髏でも大したちがいはありませんョ」と、くちにしかけたが、女記者の火に油をそそぐをおそれ、おじじ、もぐもぐ、どうにも、はっきりしない生煮《なまに》えのていで、

「まァ、むちゃくちゃな話ではありますが……へ、編集長としても……その、新聞を売らねばならぬ立場というものがあり……あ、いや、そうはいっても、尚子サンのおっしゃるとおりに……事実を枉《ま》げるのは、新聞人の道義として、ちょっと……」

女記者はいまだおさまらぬ怒りを、おもいっきり小石にぶつけて、がつんと蹴っくらわし、怨色《えんしょく》めらめら、閻魔《えんま》顔で、

「もう、いいわ！　どうせ男の阿閉さんになんか判らないもの！　皆、女だとおもって、頭からばかにしてかかって……いいわ！　いいわ！　いまに見てなさいよ！　いつか妾が出世したら、きっと編集長なんか馘首《くび》にしてやるんだから……」

「は、はァ～」

女はこらえきれぬと、不平《ぐち》をたらたら、男は調子をあわせて、生返事《あいそ》をふうはあ――と、そんな茶番劇の幕間《まくあい》に、ふいと巡査の大声がかかって。

「こら！　君ら！　そこでなにをしておるか！」

「ああ、これは巡査殿、夜分のおつとめ、ご苦労さまでございます。我輩らは……」

「新聞記者なの。これから亡者坂の怪異を取材するところ。まちがっても夜ふけの逢引き《ランデブー》なんかじゃないから、どうか安心してくだすって。それじゃ、妾たち、さきをいそぎますので、このへんで失礼いたしますわ。さようなら、巡査さん。」

と、女史はその強力《ごうりき》で、ちょろ万の首根っ子を引ッつかむや、子犬のごとくにつれまわすに、四十がらみの悪相《こわもて》の巡査、眉をひそめ、首をかしげて、

「まて、まて！　なんだ、その亡者坂とやらは？」

「すぐそこの天神坂ですわ。そこに……」

「ああ、あれか。髑髏が跳ねるとかいう？」

とて、巡査殿、興がって、ふたりをしげしげ。だが、女記者、いらだって、やけにつっけん。

「ええ、さようですの。じゃあ……」

「ふふん！　いまどき、かかる風説を信ずる人間《やから》がおろうとは。まったく、このご時勢に呑気《のんき》なことだ。しかし、まあ、なんだ。うら若き男女が、こんな夜ふけに、こそこそ、うろつきまわっているのは、風紀上、このもしくない。よろしい。では、わしがついていってやろう。」

との提言《もうしで》に、女史、とりつくしまなく、きっぱり、

「いいえ、ご遠慮もうしますわ。」

しかるに、巡査殿、奥の手だして、ぴしゃり、

「なに？　わしが同道しては不都合《めいわく》か？　ほほう？　さては、おぬしら、真実の新聞記者ではないな？　なれば、そこの交番所まで……」

すかさず、阿閉君、如才《じょさい》なくとり入って、にたにた、

「いえいえ、巡査殿、当方《こちら》になんの不都合もありませんとも。いや、ほんと、巡査殿の警護つきとは、まったくもって、こころ強いかぎりですョ。ねえ、尚子サン、あなただって、そうでしょう？」

が、尚子嬢、やけを起こして、ぷりぷり、

「もう、勝手にして！」

かくて、雉《きじ》、猿、犬の脇役《ワキ》連、主役《シテ》の桃太郎《ももたろう》ぬきでの鬼ガ島渡り、否、亡者坂詣《もう》でと相なりますが、はたして、彼岸《ひがん》でまつのは、鬼か蛇か。はたまた、ろくろっ首か、ものいう髑髏か。しかと見さだめるべし。

さて、右なる一党、はや坂下に陣どるなり、そろって暗闇をあおぎ見——と、ちょろ万、さっそく口火をきって、べらべら、

「へえ、なるほど、結構な急坂ですナ。これで、斜度も二十度ちかくはあるのかしら。坂

上までは、いったい、どれほど……ねえ、巡査殿？」

「なに、坂上までか？　そう、三、四〇米《メートル》といったところだな。上ったさきが高輪台町《たかなわたいまち》でな、丁字路《ていじ》の先には尋常小学校がある。それでも六〇米ばかりか。」

「で、天神坂のゆらいなぞは？」

「なんでも、そのむかし、このあたりに菅公《かんこう》の祠《ほこら》、すなわち天神社があったと聞くが……」

「いまや、祠《それ》もない？」

「ああ、わずかに名のみ残ったらしい。」

「では、君塚町《この》あたりで、因縁めいた話とか、そんなたぐいの伝承なぞ、なにかお聞きおよびで？」

「いや、しらぬ。あるやも判らぬが、ついぞ、わしが耳にしたことはない。そもそも、わしとて君塚町《ここ》の住人ではないしな。陋屋《うち》は慶応義塾《けいおうぎじゆく》のほうの四国町《しこく》だ。」

「すると、巡査殿は夜警の折り、天神坂にて跳ねる髑髏など、ただの一度として、ご覧になったことも……？」

「ばかをぬかせ。あるわけがなかろう。」

「しかしですナ、尚子サンの取材《きじ》によれば、髑髏の目撃者も、ひとりやふたりじゃきかぬとかもうしますけれど?」

「ふん! いかな亡者とて、さすがに官憲《かんけん》には弱いと見える。わしらの眼前《まえ》には、たえてあらわれぬわ。あはははは!」

と、巡査、がばと大ぐちあけて、ばか笑い。それへ、女史、ぷうと頰《ほお》をふくらせ、尖《とが》り声。

「ねえ、あなた方、すこし静かにしてくださらない?」

「なんと? 静かにせぬと、亡者もでぬともうすのか? ほほう? それは妙な話だぞ。いったいに、亡霊なぞというものは、気の病にしてだな……」

しかるに、尚子嬢、最前からひっきりなしの多言《おしやべり》に、ほとほとあきれはてたといわんばかり、げんなり、ふきげんづらで、

「妙でもへんでも結構ですから、どうか、おねがい……」

「あ、あ、あれは?」

ちょろ万の、へんてこらいならら声に、女史と巡査もつられ、ついと坂上を見ゆれば
——うすぐろき夜闇《やみ》を暗幕《はいけい》に、しろくおぼろなるかげが、ひい、ふうと。それが跳ねるように、うえへしたへ、ととんぴょん、ととんぴょんと。残像《かげ》が糸を引くように、あがったりさがったり、すい〜ひょん、すい〜ひょんと。

「で、で、でた〜！」

「いや、まさか、噂《あれ》が真実とは？」

「しぃぃ〜！　皆、だまって！」

いま、眼前にてくりひろげられたる、世にも不可解なるの現象に、阿閉君、あたかも、蛇ににらまれたる小虫《こむし》のごとく、恐怖に足がすくんで、いっかな身うごきとれぬ。巡査殿、さながら、龍宮にまねかれたる浦島《うらしま》のごとく、ふしぎに魅入《みい》られ、これまた微動《びどう》だにせぬ。ひとり尚子嬢、「地獄変」に描かれたる絵師のごとく、冷厳《れいげん》の目もて見すえ、みじんもおたつかぬ。

しかして、それもしばし、男女ふたり、頓狂《とんきょう》な声をそろえて、

「じゅ、巡査殿、いったい、どちらへ……？」

「ちょ、ちょっと、巡査さんってば！」

嗚呼《ああ》、とうとう、仙女の色香にまどわされたか、かの「浦島」巡査、なんとも、おぼつかなげな足どりで、案ずるふたりを尻目に、ふらふら、よたよた、天神坂を上ってゆくではないか。

一歩《ぬきあし》、二歩《さしあし》、三歩《しのびあし》。で、もひとつ、四歩《うまあし》と。

だが——

「き、き、きおった〜！」

「あわわわ！」

「な、なによ！　もう〜、余計《よけい》なことをするから！」

先刻まで坂上にとどまっていた髑髏《それ》が、率然《そつぜん》、いきおいをつけて、ぴんぴん、ぴょんぴょん、一気に跳ね落ちてきたので。

いまや、巡査はどたばた、ころびつまろびつ、書生はじりじり、あとずさりしつつ、記者はぐいぐい、かの腕を引っぱりつつ、しっかと髑髏の輪郭《すがた》を、その目に焼きつけた後、三十六計逃ぐるにしかずと、いっさんに駆けだし、大道にいで、角をまがりて、ようよう五〇米もいったところで、一党、顎《あご》をあげ、息をきらし、足をやすめて、やっと背後を見るに、

「ふう〜！　た、たすかった〜！」

「やれやれ。もはや、追ってはこぬな。」

が、女記者は男連のふがいなさに、がみがみ、

「な、な、なんなのよ！　そろいもそろって、この根性《いくじ》なし！」

すると、巡査も返して、やいやい、

「そういうおぬしこそ、いっさんに逃げだしたではないか。しかも、わしが追いつけぬほ

どの早足だったぞ。いやはや、女だてらに大したものだ。」

「な、なんですって～！　それが年ごろの女性《むすめ》にむかっていうことば！　もう、なんていぐさかしら！　あなたのほうこそ、歴《れき》とした巡査のくせに！　だったら逃げずに、ちゃんと市民を守りなさいよ！　まったく、だらしがないったら、ありゃしない！　新聞《きじ》に書いて、もし警視総監の目にとまったら、あなたの首なんか……」

そこで、ちょろ万が割ってはいって、おじおじ、

「しかし、あ、あれは……たしかに髑髏でしたナ。おふたりともしっかと見たでしょう？　ねえ？」

「ふむ。まず髑髏に相違ない。」

「そうね。このまえの大工さんのときと、まるでおんなし。だから、たぶん、そう……」

「なんだ？」

「しょ、尚子サン、あなた、まさか……？」

尚子嬢、どうしたわけか、頬をゆるませ、にやにや、

「ええ、そうよ。これから、また、亡者坂《あすこ》へ引き返してみるの。たぶん、なんの証拠ものこってないでしょうけれど。ねえ、巡査さん？　きっと、あなただっても、先刻の恥をそそぎたいでしょう？」

それに、巡査殿、応とうなずき返して、きりり、

「よかろう。わしとて警邏《けいら》だ、つとめははたさねばならぬ。」

されど、阿閉君ばかり、二の足ふんで、げっそり、

「ええ〜！　もう堪忍《かんにん》してくださいョ〜！」

「さあ、ゆくのよ！」

との女史のかけ声に、一党、おずおず、うかうか、かの坂道へもどってみれば——はたせるかな、髑髏《それ》らしき痕跡のひとつとして、坂上から坂下まで、脇筋から露地裏まで、いずこにも認められなかったことは、もとより、もうすまでもない。

これが世にいう、亡者の坂の怪、その全容《よし》。

鼠馬問答《きゆうばもんどう》

「で、で、でたンです！　でたンですョ〜、ご隠居〜！　それも……ひ、ひい、ふうと！」

「なにがだ？　これ、はっきりもうさぬか。」

「だから……さ、髑髏ですって！」

山茶花《さざんか》あかく、侘助《わびすけ》しろく、残菊《ざんぎく》しおれ、薄《すすき》も枯るる、冬ざれの縁側で。この二、三日、気温もぐっとさがって、気づけばもう、小雪《しょうせつ》もまぢかで。

ここは牛込《うしごめ》区、早稲田の鶴巻《つるまき》町。

学生相手の安下宿「玄虚館《げんきょ》」は、その離れ。枯れ庭のぞむ、その縁側。

そこへ碁盤《ごばん》なぞをもちいだし、胡坐《あぐら》でどっかり、懐手《ふところで》でむっつり、煙管《きせる》をぷかり、湯《ゆ》呑《の》みをがぶり、なんとも安気《あんき》な隠居てい。このご仁《じん》、ここの家主《やぬし》で、阿閉君の大家で、俳号玄虚、茶号を玄翁《げんのう》、ひとよんで「玄翁先生」こと、間直瀬玄蕃《まなせげんば》。安政《あんせい》は六年（一八五九）のうまれで、ことし、かぞえでもう七十四。肩までかかった総髪《そうはつ》に、臍《へそ》までのばした顎鬚《あごひげ》、着ふるした褞袍《どてら》に、これまた年季のはいった茶人頭巾《ちゃじんずきん》と、見ようによっては、世をのがれた知名の漢学者か、市井《しせい》にうもれた名代の俳人か——といったところだが、どっこい、そんな殊勝なたまじゃない。大小《かたな》とらせては関口流《せきぐち》の免許皆伝《かいでん》、槍《やり》をもたせれば宝蔵《ほうぞう》院《いん》流の名手と、若いころは花街《かがい》のごろつきあたりと、さんざやりあったくち。が、それもはや、四十年も五十年もむかし。いまはご覧のとおりに、すっかりしぼんで、めっきりしおれて、いいお爺ちゃん。

それが、店子の冒険談、否、失敗談を聞くにつけ、大ぐちあけて、腹をよじって、げらげら、げたげた、

「あっはっはっ！　そ、それで、ぬしら、そ、そうそうに逃げだしてきたか！　わっはっはっ！　ま、まったく、そろいもそろって、なんという、なさけない連中だ！　がっはっはっはっ！」

「なにがそんなにおかしいンです！　ちっとも、笑いごとじゃありませんョ！」

と、ちょろ万、くちをとがらかし、ぶうぶう。

「いやいや、やはり、笑いごとさ。へたな田舎芝居より、よほど笑えるわ。なんとも、まあ、髑髏が跳ねる亡者の坂だと？　ええ？　大の大人が三人もそろって、さような子どもだましの詐術《さじゅつ》に、まんまと引っかかりおって。とんだ、お笑いぐさではないか。ふっふっふっ！」

「へ？　子どもだまし？」

と、店子がしかめっつらで返せば、大家はおすまし顔で、さらり、

「ああ、そうともさ。」

「すると、ご隠居は、あの髑髏になにか仕かけがあるとでも？」

玄翁先生、しかりとうなずき、さび声で、ばっさり、

「ふん。きっと、おぬしのごとき浅薄《せんぱく》はしらぬだろうがな、舞台にておこのう、いわゆる大奇術のひとつに、『花美人』、あるいは『花瓶《かびん》の美女』なるがあっての、花をいけた花瓶

のうえから、少女の顔が覗《のぞ》くという見世物さ。もとより、花瓶は机のうえへ載せてあり、机《そ》の脚《あし》とてしごくほそいものだから、したへ隠れるなぞは、どだいむりな話だ。されど、いかなるからくりか、愛らしいおさな顔が、花のなかからひょっこり覗いて、にんまり笑って見せるから、客はおおいにうける。」

ちょろ万、首をかしげて、小声で、ぼそり、

「たしかに、可愛らしいのでしょうけど、く、く、首だけというのが、ちょっとこわいですナ。」

「ふむ、で、おぬしらが見た髑髏も、おおかた、さような奇術の一種だろうて。」

「あれが奇術？　まさか？」

と、いらいらと気ぜわしく、立ったままの店子へ、大家、座布団をすすめ、じゅんじゅんと委細《いさい》を説いて、

「まあ、すこしは落ち着け。ほれ、ここへ座らっしゃい。さて、いったいに、幽的《ゆうてき》といい亡者といい、ともすれば、錯覚だったり、幻覚だったりするもの。そう見えるのは、もしや、でるやもしれぬと、こころにおもうゆえ。しからば、見るやつは、やはり、そこになにがしかを見んとするし、見ぬやつは、はなから信じておらぬから、いっかな見えぬ理屈。さりとても、今回にかぎっては……」

「こ、こ、今回は?」

ちょろ万、舌もつれに、せっつくと、玄翁先生、声をひそめて、ことごとしく、

「まあ、おぬしのような、おっちょこちょいはともかくとしてもだ、巡査もおり、女記者もいて、なおかつ、皆がひとしく髑髏を目にした。ということは、まず、幻覚のたぐいでなかったのは分明《ぶんめい》だろう。さすれば、そこには、なんらかのからくり、仕かけがたくらまれておったに相違《そうい》ない。」

「で、そのからくりとは?」

「だから、それが、『花美人』の奇術さ。」

阿閉君、年寄りのもってまわった謂《い》いに、もはや辛抱《しんぼう》しきれず、首をふって、足をゆらして、きやきや、うずうず、

「ええ~、もう~、だから~、その『花美人』のトリックとやらが判らないンですって~!」

玄蕃老、弟子の不肖《ふしょう》に、心《しん》からよわりきり、頭をかいて、髪をいじって、ぐちぐち、たらたら、

「おぬし、ほとほと世話を焼かせる男だの。すこしはその頭をつかわぬか。いいかげんに手間をかけさせるでない。儂《わし》の身分《すじょう》を見とおしたさいの冴《さ》えはどうした? ふむ、まあ、

たしかにな、おぬしは『花美人』の奇術をしらぬようだが、さりとはいえ、それがいかなる仕かけによるか、いかがせば、さような幻術が可能となるか、ちっとはその頭で思案《かんがえ》てみたのか、え？」

で、いまさらながらに、阿閉君、腕をくみ、天井をにらみ、ない頭をしぼってみたけれど、でてくるのは知恵どころか、「うう〜ん」という、なんともしおたれた、うなり声ばかり。それが、五分、十分、十五分と。それで、とうとう、ご隠居のほうが、さきに焦《じ》れてしまい、癇声《かんごえ》ぎしぎし、

「ああ、もう、よいよい。おぬしの答えをまっとったら、日もくれてしまう。めんどうだ。もひとつ、手がかりをくれてやろう。それはの、よいか、颱風さ。」

「た、颱風〜？　なんで、また？」

「こたびの颱風は、ここ何年かぶりの大颱風だったたな。被害も相当にでておろう。ちがうか？」

で、ちょろ万、亡者坂を報じたる、十七日付の「帝都日報」紙をとりいだし、颱風関係の記事を読みあげて、びっくり、

「え？　はい。たしかにこの新聞にも……ああッ！　東京だけでも……ええッ！　死傷者五十一名！　倒壊戸数も、せ、せん、千六百戸をかぞえたと……へえ〜！　おもいのほ

か、猛烈だったのだな！　それに、ご隠居、最大風速も三五米《メートル》を記録したとありますョ！　だけれども……颱風と髑髏が、どういう……？」

大家、顎をしゃくって、ぴしゃっと、

「こら、記事をしかと見んか！　天神坂にて髑髏が目にされるようなったは、ほれ、すべて颱風以後のこととあるだろ？　なれば、颱風と髑髏の出現に、まず因果があるとしれる。で、それが……」

店子、額をかいて、ぽかんと、

「はァ？　それは、どういった？」

「つまりな、颱風こそが、いや、颱風がもたらした被害こそが、『花美人』、すなわち、坂にて跳ねる髑髏の大道具となったのさ。まあ、舞台じゃな。二度はいわぬから、よう聞けよ。そもそも、『花美人』の奇術なるものは……」

と、ご隠居、声を落として、ごにょごにょ。で、阿閉君、種《それ》を聞くに、奇声をはりあげ、ぎゃんぎゃん、

「な、なるほどォ～！　そ、そうかァ～！　髑髏が下り坂でも勝手《ひとりで》に跳ねているように見えたのは、そういう仕かけかァ～！　だから、颱風がなければ、髑髏もあらわれなかったのかァ～！　いやァ～、さすがは、ご隠居だ！　うんうん！　それで、合点《がてん》がいった！

よ〜し！　そうと判れば、さっそく、犯人のやつを引ッとらえ、その顔をしかとおがんでやる！　ご隠居、恩に着ますぜ。では、きょうはこれにて……」

それだけいうと、ちょろ万、おっとり刀で、びゅうと庭をぬけ、ばたんと木戸を閉め、とっとと跡をくらますの段。

その背に、玄翁先生、めずらしく老婆心《ろうばしん》から、

「けして、あせるでないぞ！　せいては、ことの根《もと》を見あやまるぞ！　おい、こら！　まて、またぬか！　ああ……まったく、しようがないの。まだ話のつづきがあるというに……おおかた、犯人めは『佐渡《さど》の首鞠《くびまり》』の伝説を種《したじき》に、『花美人』の奇手をもちいたにちがいないが……さりとても……ふん！　あの、あわて者めが！」

と、しきりにさけんで見せたが、ついぞ書生の耳にはとどかなかったよし。

「ねえ、阿閉さん、ほんとうに大丈夫？　いくら、あのひとがついているといっても……やっぱり、巡査さんに話しておいたほうが……？」

「そんな心配は無用ですョ。我輩の推察どおりなら、相手はひとりきりですし、まァ、二、三人くらいなら、きっと彼氏がひねりつぶしてくれるでしょう。いかがです、十市《といち》君、自信のほどは？」

「不肖、十市憲太郎《けんたろう》、この命《めい》にかえても、おふたりをお守りいたす！」

と、なんとも時代がかった、このご仁、阿閉君の階下《した》の住人で、早稲田の応援団長で、高下駄《たかげた》の袴《はかま》なりで、身のたけ六尺（約一八〇糎）ちかく、目方《めかた》も二十貫（七五粁《キロ》）をこゆる偉丈夫《ますらお》にて、かててくわえて、柔術《やわら》に剣術、あわせて五段という、すこぶるつきの猛《も》者《さ》なので。つるつると剃《そ》りあげた光頭に、もしゃもしゃと鬚髯《しゅぜん》を生《は》やかして、桃太郎というには、あんまり容貌魁偉《かいい》にすぎ、金太郎というにも、ちょい年を食いすぎてはいるけれど、味方につければ、いかにも頼りになりそう。赤ん坊なぞは見ただけで、おもわず泣きだしそう。

そんな助太刀《すけだち》を、しんがりにしたがえ、ちょろ万、桃太郎気どりで、とくとくと、

「では、ひとつ、鬼退治とまいりますかナ？　さあ、皆ども、いざ亡者坂へ！

　桃からうまれた桃太郎〜

　　気はやさしくて　力もち〜

　鬼ガ島をば　伐《う》たんとて〜

　　いさんで　家をでかけたり〜♪」（※）

「まったく、お気楽なひと！」

「あ、阿閉殿……」

かくて、さようにひょうげた三人づれが、天神坂へとむかったのは、昭和七年は十一月の二十日《にじゅう》、夜半のこと。天《そら》はどんよりくもって、月もおぼろにかすんで、亡者にしろ髑髏にしろ、なにかでるには、まさにうってつけの晩。

また坂下に陣どって、一ト時、二タ時。

で、日付がかわって、二十一日。もうそろそろ丑みつどき。

が、そのころには、阿閉君も十市君も、とうにまちくたびれてしまって、こっくりこくり、とろ〜りとろとろ。ひとり尚子嬢ばかりが、まんじりともせずに、ぱっちりぱちくり、きりきりしゃん。すると、

「ほんと、くちばっかり。これだから、男なんて、もう……ああッ！　さ、さ、髑髏〜！　ほらほら、あなたたち、起きてよ！　起きなさいってば！」

その声に、一党、坂上をふりあおげば、案のじょう、対なる二個の髑髏が、とんとん、ぴょんぴょん、勝手に飛び跳ねているので。

「で、で、でたな〜！　あやつめ、また、性懲《しょうこ》りもなく！」

「な、なんと、面妖《めんよう》な！」

「さあ、先刻の意気《いき》を見せて頂戴！　ほら、行って、行って！」

ところが、男連、たがいの顔を見やりて、さきをゆずりあいて、おずおず、

「どうぞ、阿閉殿、せ、先陣《せんじん》を。某《それがし》めは、しんがりをつとめますゆえ。」

「な、なにをいうか！　十市君、き、君が、さき駆《が》けをつとめたまえよ！」

「いや、阿閉殿のほうが……」

「なに、君こそ……」

さようなやりとりに、女史、まなじり決して、奥歯をかみしめ、ぎりぎり、

「先刻と、ぜんぜん、話がちがうじゃないの！　もういいわ！　たれにも頼まない！　妾が行く！」

と、甲《かん》ばしるなり、単身、坂を駆けあがって。

「ああッ！　しょ、尚子サン！」

「おお～！　女だてらに、じつに見あげた、こころ意気！　いや、大した姉《あね》さんだ！」

「よ～し！　われらもつづくぞ！　十市君！」

「しかと承知！」

だが、女記者に遅れをとること、はや十歩、十五歩。やっとこさ、追いついたときには、夜闇に二体のかげが、じたばた、くんずほぐれつ。たれがたれやら、どたばた、うえになりつなられつ。男連、いずれに助勢すべきか、思案《とまど》うてるうち、やがて、きんきん声があがって、

「い、い、痛いよ！　痛いじゃないのさ！　その手を放しとくれ！　もう逃げやしないから！」

で、女史がかの頭巾《ずきん》をひっぺがし、猛者がその脚をおさえつけ、ちょろ万が電池式《ナショナル》ランプで照らして見れば——な、なんと！　その犯人なるは、齢《よわい》六十すぎとおぼしき、皺《しわ》くちゃの婆さんだったので。

怪談《かいだん》二《に》本榎《ほんえのき》

それから四半時後、坂上ちかくの脇筋をはいって、すぐそこ、さるあばら屋にて。お炬《こ》燵《た》をかこんで、阿閉君に尚子嬢、十市君と、やけに神妙《しんみよう》なる面《おも》もち。くだんの老婆をまえにして、空気が重くなるようなにらみあい。

で、まずは女記者、かく切りだして、

「ともかく、最初にお名前を伺っておこうかしら？　お婆さん？」

「妾ゃ、よねさ。姓は本間《ほんま》だよ。ふん！」

とて、およね婆さん、ぎすぎすと因業《いじわる》そうな老顔を、いっそしかめて、しごくぶっきら棒な嗄《しわが》れ声。うしろできっちりたばねた白髪に、黒装束《くろしようぞく》、黒手套《しゆとう》をはめたまま、なんとても観念しているようには見えぬ。しおらしく罪をみとめて、素直に頭をさげるともおもえぬ。いやに角《かど》だって、変に筋《すじ》ばって、なにか、よほど腹にすえかねているらしい。

そんな態度に、一党、どうしたものかと思案にくれていたらば、ついと婆さん、枯れ声をとがらかし、ぎしぎし、

「あんたら、よ〜く、四方《まわり》を見なよ。ええ？　この家、えらくふるいだろ？　梅雨《つゆ》どきなんか、あんた、戸がしまらなくなったり、雨もりだってひどいもんだし、冬にはすきま風で、そりゃあ、こごえるようさ。いいかい？　もともとがふるいうえに、さきの震災でガタがきて、で、先《せん》だっての颱風さ。それで家主のやつがさ、勝手に決めちまったんだよ。建て替えをするってね。どうせ、小ぎれいなアパートメントなんかにして、もっと家賃をふんだくろうって腹さ。まあ、そんな経緯《いきさつ》で、妾はいま、追ったてを食らってんだよ。でてってくれってね。けどさ、婆さんひとり、こんな年にもなって、いったい、どこへゆけってんだい？　東京《こっち》に身寄りなんかひとりもないし、佐渡の実家のほうだって、もう落ちぶれちまって、いまじゃ……」

それに、ちょろ万、情にほだされ、したり顔で、ふんふん、

「それは、たいへんにお気の毒な話ですナ。いったいに家主というものは、店子にたいし

て非情にすぎますョ。我輩とて、折々に感じておりますから。しからば、およねさんは、それが理由で、今度《このたび》の悪戯《いたずら》を仕かけ、噂《うわさ》をながし、あわよくば、大家に再築を断念させんとしたので？」

「ああ、そうさ。そうだよ。ちかくで亡者がうろつきまわってるなんて噂がながれれば、あんた、せっかく改築をしたって、あたらしい店子なんてはいりゃしないよ。みんな、びびっちまうに決まってるからね。」

されども、尚子女史、これっぽちも情を見せず、すずしい顔で、きっぱり、

「でもね、お婆さん。ひとには、それぞれ、立場ってものがあるのよ。こんなぼろ家じゃ、今度大地震《おおじしん》がきたら、ひとたまりもないわ。店子の安全をかんがえれば、改築するのは、大家さんとして、当然のことじゃないかしら。」

「ふん！　あいにく、こんなぼろ家でわるかったね。けどね、いいかい、お嬢ちゃん、あの大家は、あんたがいうようなたまじゃないのさ！　店子の命なんか、みじんも頭にないね！　あの男にとっちゃ、店子なんて、せいぜい、雨戸ほどの値うちしかないんだよ！いざとなりゃ、いつでもとっ替えのきくね！」

と、およね婆さん、女記者をむこうにまわして、一歩も引かぬ。が、尚子嬢とて、まだまだまけてはおらぬ。

「でも、仮にそうだとしても、あなたは、まったく関係のない、近所の住人《ひと》たちにも迷惑をかけたじゃない。わざわざ、まわり道までさせたりして……」

「ふん！　なんだい、それッくらい！　いいかい、お嬢ちゃん？　あんたみたいに、きれいなおべべを着てる娘さんなんかにゃ、とうてい判らないことだろうけど、こっちはいま、家を追んだされかけてんだよ。このさき、路傍《みちばた》でのたれ死にするかもしれないっていう、命の瀬戸際《せとぎわ》なんだよ。そんなときに、他人《ひと》のことなんか、かまっていられるかい。それにさ、妾ゃ、たれも傷つけちゃいないよ。」

「ええ、たしかに、そうですナ。今回のしわざが、もし、子どもの手によるものだったら、おおかた、拳固《げんこ》のひとつで決着ですョ。だから、まァ、尚子サンも、そう目くじらをたてずに……」

と、甘ちょろのちょろ万、老嬢の助勢《たすけ》にまわって、やんわり。尚子嬢、おもわぬ相手に足をすくわれ、目をむいて、ぎょろり、

「なによ！　あなた、どっちの味方！　この裏切り者！」

「い、いや、そういうつもりじゃなくて……」

「じゃあ、どういうつもり！　はっきりいいなさいよ！」

「あの……だから、その……」

そんな痴話喧嘩《ちわげんか》のあいだをついて、これまで一ト言もはっしていなかった十市君、老嬢にむかいて、ぼそり、

「あの髑髏の手品、さきに阿閉殿から聞かされておりもうしたが、さもなくば、某とて、まんまと策にはめられたところでありました。いったい、さようにみごとなる至芸《わざ》、いずこで修練されたのでありますか？」

それに、およね婆さん渋面《じゆうめん》をやわらげて、にっかり、

「妾だって、むかしはさ、浅草《あさくさ》の舞台にでてたもんさ。こういっちゃ、あれだけども、花形だったんだよ、妾ゃ。うん、あのときは毎日が楽しかったねえ。稽古《けいこ》がもう厳《きつ》くって厳くって、しじゅう泣きくらしていたけれど、客の拍手で、そんな苦労なんか、すぐに忘れられたもんさ。でもね、浅草にいられたのは、いっときさ。あすこの客は飽きっぽいからね。五年もしたらば、落ち目になって、おきまりの地方巡業《どさまわり》さ。妾のほうも、しだいに年を食ってくるから、花形から端役《はやく》に落とされて、裏方なんかもやらされて、最後はめし炊き婆さんさ。」

「その舞台とは、やはり奇術でありますか？」

「そうさ。」

「なれば、そこで習得されたのでありますな？　かかる幻術をば？」

「いいや。べつだん、このんで、おぼえやしないさ。けど、まあ、まぢかで見てたからね、どういう仕かけになってるかくらいは判っていたよ。だからってね……いいかい、よ〜く聞いときなよ、あんたたち？」

と、老嬢、ぐるりと三人を睨《ね》めまわし、いやに勿体《もったい》ぶったくちぶりで、とつとつ、

「じつのところ、妾があの髑髏の芸をおもいついたわけじゃないんだよ。そりゃあ、あれはたしかに、むかしに演じてた『花美人』っていう奇術の仕かけに、ちょいとくふうを凝《こ》らしたものだけれど、妾にそんなこと、おもいつく知恵《あたま》なんかあるもんか。どうだい、ええ？　よ〜く、ご覧な？　こんなにも、老《お》いさらばえた婆さんだよ、妾ゃ。」

すかさず、ちょろ万、合いの手入れて、ぽんぽん、

「では、たれかほかに？　まさか、入れ知恵をした人間があったとか？」

それに、およね婆さん、否々と首をふり、ぼそぼそ、

「いんや。妾ゃ、見たんだよ。この目でさ。あれをね。」

「まさか？　ほ、ほ、真実の髑髏を？」

「う、嘘よ！　妾、信じない！」

「あれとは、いかなる妖魔《ようま》でありますか！」

右なる三者三様の反応にも、老嬢、臆せず怖《お》じず、色をなすこともなく、淡々と話をつ

づけて、

「そう、あれはたしか、震災の翌々年のことだから、大正十四年（一九二五）だね。季節はちょうどいま時分、十一月の中旬《なかば》すぎだった。刻限は朝もかなりにはやくて、午前三時ごろさ。もういまとなっちゃ、なぜだかおもいだせないけれど、まあ、おおかた、厠《かわや》にでようとしてたんだろうね。ほら、ここはむかしながらに、便所《はばかり》が戸外《そと》だからさ。で、外にでてみたらば、歌声が聞こえてくるんだよ。ほら、子どもなんかがよく歌う、あれさ、天神さまがどうしたってやつ。」

　気丈の女記者、どうしたことにか、舌もつれに、へどもど、

「と、と、と、『とおりゃんせ』？」

「そう、それ。けど、子どもが遊んでるにしちゃ、ずいぶんとへんな時間だろ？　で、声が聞こえるほう、坂道まででてったらば、あんた、それがさ……」

　と、およね婆さん、間をもたせておいて、くだくだ、

「坂上にさ、白装束《しろしようぞく》を着こんだ、お下げ髪の女の子がいてね。それが、あんた、あの『とおりゃんせ』を歌いながら、『ことん、ことん』って、鞠《まり》をついてるんだ。鞠にしちゃ、妙な音をさせてるから、妾ゃ、へんにおもってさ、ちょい、ちかづいてって、よくよく見たらば、その鞠がさ……」

ちょろ万、話し手にさきんじて、やいやい、

「ま、まさか、それ、さ、髑髏だったンじゃ……？」

「そうだよ、そうなんだよ！　それ見てさ、さすがの妾も、ああ、もうこりゃいけないとおもってね、すぐに引き返そうとしたんだけれど……その子、ふいと鞠をつきそこなってさ、坂へ落っことしちまったんだ。で、髑髏の鞠がこっちへころがってくるじゃないか。そりゃ、あんた、こわくなかったかっていわれたら、嘘になっちまうけど、なんだか、その子が不憫《ふびん》に感じられてね、妾ゃ、鞠を拾ってやろうとして、ついと足をとめたのさ。ところがだよ……」

そこで、老嬢、さめた茶を一《ト》すすりして、ひそひそ、

「その鞠がさ、坂の途中から、ふたつになり、みっつになり、だんだんにふえてって、最後なんか、あんた、髑髏の鞠がいつつだよ！　ちっこいのから、大っきいのから！　で、さすがに、妾もしりを絡《から》げて、逃げだしちまったよ。もっともね、どのみち、妾んとこまでは、落ちてこなかったろうけれど。坂の半ばあたりでさ、みんな、曲がっちまって、そっちへ消えちまいやがった。ついでにいっとくけど、そんときにはもう、女の子のかげもかたちもなかったよ。それが、まあ、今回、妾が悪戯《わるさ》をたくらむ契機《きっかけ》にした、髑髏の鞠の顚末《てんまつ》さ。判ったかい？」

「で、その鞠はどこへむかったンです？　最後には？」

と、こわいもの見たさで、阿閉君が訊くに、およね婆さん、ぞんざいに顎をしゃくって、いわく、

「ほら、そこの光台院《こうだいいん》ってお寺さ。坂の中途にある。」

「光台院？」

老嬢、応とうなずいてから、いいわけがましく、たらたら、

「うん、そう。だからね、いいかい、あんたたち？　妾ゃ、真似《まね》をしたにすぎないんだよ。真実の亡者のふりをね。むかしにおぼえた、奇術の仕かけをつかってさ。だから、もう、これくらいで……」

尚子嬢、婆さんにしまいまでいわせず、くちばし入れて、くどくど、

「それで、お婆さん？　そこの光台院と、いつつの髑髏に因縁でもあるの？　どう、なにか、聞いてないかしら？　たとえば、このへんで、非業《ひごう》の死をとげたひととか？　そこへ埋葬《うめ》られているとか？」

「そんなこと、妾がしるもんかい！　しりたくもないね。気味のわるい。しりたきゃ、あんたがじぶんで、お寺で訊けばいいじゃないか。妾ゃ、ごめんだよ。まあ、そりゃあさ、どうせ因縁めいた話のひとつやふたつ、あるんだろうけど……それはそれとして、ねえ、

あんたたち、妾をどうするつもりだい？　やっぱり、官憲につきだすのかい、ええ？」

と、およね婆さん、小銭をせびるような、懐ぐあいをさぐるような、いやらしい上目《うわめ》づかいで、手ごわい女記者を、じろじろ。女史のほうも、まけじと、銀行家が利息を見つもるような、医師が病者《かんじや》を診《み》るような、冷ややかな目つきを返して、つくづく。そんなにらめっくらのすえ、尚子嬢、やむなく我《が》を枉《ま》げて、めずらしく情けをかけて、

「まあ、そうね。それは、お婆さんしだいよ。もし、二度とやらぬと誓えるなら……」

「もう、やりゃしないよ。首鞠のからくりも見やぶられちまったし、どうやら大家のほうも、こんどの悪戯のせいで、また改築を思案しなおしてるようだしね。」

「それは、よかったですナ。なんとか急場をしのげて。」

ちょろ万、これにて全尾《ぜんび》落着と、にたっと、笑って見せたが、およね婆さん、ぶすっと、また憎まれぐちをたたいて、

「さあ、どうだかね。人間なんざ当てにはならないよ。いつまた、こころ変わりするか判らないからね。あんたたちだって、そうさ。ふん！　だから礼はいわないよ。恩に着せるつもりもないよ。さあ、ほら、もう用は済んだろ。妾ゃ、眠くてたまらないよ。あんたたちも、いいかげんに引きあげとくれ。」

で、一党、否応《いやおう》なしに追んだされ、しぶしぶ帰途の段。

くだんの三人づれ、おのおの、坂を下りがてら、くだをまいて、ぐちぐち、ご託《たく》をならべて、べらべら、変に誉《ほ》めそやして、わいわい、

「なによ、あのいいぐさ！　せっかく、ひとが見のがしてあげたっていうのに！　ほんと、失礼しちゃう！」と、尚子嬢。

「まァ、いいじゃないですか。やはり亡者坂は、亡者坂だったンですから。我輩があすにでも、あらためて光台院へでむき、坂と亡者の因縁話を聞きこんで……」と、阿閉君。

「それにしても、阿閉殿、大したお手柄でありました。あの幻術を見やぶるとは、不肖、十市憲太郎、尊敬いたしもうす。」と、十市君。

ちょろ万、玄翁先生のうけ売りを、おのが功として、ぬけぬけ、

「いやァ、なに、さほどじゃないサ。さすがに我輩だって、はじめに髑髏と相まみえたときには、肝をつぶしたけれど、よくよくかんがえてみれば、じつに単純きわまる仕かけと判ったョ。いいかい？　さきの颱風被害で、街灯が壊れたまま、つまり、坂道じたいが、その四方が、まっ暗がりのところへもってきて、黒衣に黒頭巾、おまけに黒手袋までつけて、くろい鞠を黒糸であやつって見せれば、鞠も繰《く》り手も、夜闇に溶けこんで見えなくなる。すると、どうだい？　鞠に描いたしろい髑髏の紋様《かたち》だけが、闇に浮かびあがって見え

る。と、まァ、明かしてみれば、そんな、つまらぬからくりなのサ。それにネ、『花美人』といわれる大奇術も、やっぱり、暗幕を背景《うしろ》にして、黒衣を着せた少女を、寝かせた姿勢のまんま、黒糸で吊して、顔だけを宙に浮かせて見せるというトリックだからネ。まァ、今回は、それの応用にすぎなかったわけだョ。あはははは！　だから、十市君、そんなに大した……んん？　なんだ、いまのは？　と、十市君！　ほら、なにか聞こえぬかい？」

彼氏の指摘に、一同、耳をすませれば、げにもかなしき涙声にて、

とおりゃんせ、とおりゃんせ
ここはどこの細道じゃ
天神さまの細道じゃ
ちょっととおしてくだしゃんせ
ご用のないものとおしゃせぬ
この子のななつのおいわいに
お札をおさめにまいります
行きはよいよい、帰りはこわい
こわいながらも——

「と、と、『とおりゃんせ』であります！」

「す、すると……まさか……あの、亡者となりた少女が…… いま……？」

さすがの剛者《つわもの》も、亡者にはかなわぬと見え、十市君、後さえ見ずに、ぺこりと頭をさげ、ひょいと下駄を手にして、

「そ、某、おさきに失礼いたす！　阿閉殿、これにて！」

「ま、まてよ！　十市君！　我輩も……」

「あ、妾も！　みんな、ちょっと〜！」

と、もろとも、われさきに、ほうほうのてい。


後日の昼なか、再度、天神坂を訪《と》うた阿閉君に、光台院の住職が語ったところでは、いまよりさること二十三年のむかし、明治四十二年（一九〇九）十一月の早朝、坂上の二本榎町にて、母子四名（母三十三才、長男八才、長女十才、次男二才）に、下女一名（二十一才）らが、のこらず撲殺《ぼくさつ》されるという、世にも凄惨《せいさん》なる一家五人ごろしがあったとか。

またその境内《けいだい》には、近隣の有志者が一家追善《ついぜん》のため、建立《こんりゅう》した母子地蔵もあると聞き、

ちょろ万、帰りしな、かの地蔵さまに線香をささげ、お題目をとなえていると、ふいとその目に「明治四十三年十一月二十一日」なる月日《もじ》が。さっそく、彼氏、その足にて、上野《うえの》の図書館へ寄り道し、その前年の「報知《ほうち》新聞」をひらきて見るに――

一家五人鏖殺《おうさつ》さる
上川《かみかわ》丸船長の留守《るす》宅
酸鼻《さんび》を極《きわ》めたる凶行の現場

その記事は、事件の翌日「明治四十二年十一月二十二日」付にて、つまり、惨劇がおこなわれたのは、十一月の二十一日のこと。ちなみにいえば、およね婆さんが見たと語った大正十四年の同日は、ちょうど五人の十七回忌に当たっており、また、先日の逮捕劇の晩も、やはり忌日であって、阿閉君、それをしるやいなや、がたがた、ぶるぶる、しばし、ふるえがとまらず、椅子《いす》よりたてずにしまったよし。

――が、くだんの母子地蔵の献花《けんか》帳に、あの「本間よね」の名があるとまでは、いかなちょろ万とて、おもいいたらなかった首尾《しだい》。まさかに婆さん、捕ったときの口実《いいわけ》までしっかり用意しておったとは。畢竟《ひっきょう》、老嬢のほうが一枚も二枚も、役者が上手《うわて》だったので。

※幼年唱歌「桃太郎」作詞・田辺友三郎（明治三十三年）

其ノ三【麻布】

画《ガ》美《ビ》人《ジン》、老《オ》エルノ怪

歩兵第三聯隊
青山墓地
新　龍　土　町
交番
墓地下
パラグアイ領事館
朝日湯
霞
長谷寺
大安寺
慈眼院
霞町
町
繁成寺
笄
町

画中佳人《がちゅうのかじん》

新年あけて、昭和も八年（一九三三）、癸酉《みずのととり》。

験《げん》もよろしき、ぞろ目の一月《しょうがつ》十一日。

どうもことしは、三ケ日から景気がよかったらしく、明治神宮《はつもうで》だって、百貨店《デパート》だって、地下鉄だって、どこもかしこも、大入り満員、千客万来《ばんらい》。夜店や路地うらの玩具屋《おもちゃ》にても、歌留多《かるた》が、双六《すごろく》が、羽子板《はごいた》がと、それこそ、飛ぶような売行を見せ、インフレ景気、万々歳。

もっとも、この男、阿閉万《あとじよろず》にとっては、正月も、好景気も、たいして縁がない。そうでなくたって、常々《しじゅう》、うわっ調子で、性急《せっかち》で、日々《まいにち》が縁日みたいなもの。だいたいが、相好《かお》からして、目も鼻もくちも、ちまちまとまンなかに寄せあつまって、しかも、上背《うわぜい》五尺（一五二糎《センチ》）ちょっとの短い脚で、いざ変事怪事と聞けば、帝都《とうきょう》じゅうを、西に東にいそいそと、いやもう、見るだに気ぜわしいッたらない。

で、ご覧のとおり、いまもこうして、しとしとと、そぼふる霧雨のなか、ちゃかちゃか、小ばしりにさきをいそいで、

「『至急ワガ研究室ニマイラレタシ』だとサ！　あの鏑木《かぶらぎ》博士から電報をもらうなんぞ、滅多《めった》なことじゃない！　こりゃあ、よほどの大事だぞ！」

などと、雨傘《かさ》をもつのと、電報をにらむのと、道をいそぐのと、いずれも一緒にやろうとするから、そうれ見たことか、八百屋《やおや》の露台に突っかかって——嗚呼《ああ》、小兵《こひよう》ゆえのかなしさ、逆に跳《は》ね飛ばされ、くるっ、ばったり、

「あ痛ててて ッ！」

かく腰をおさえて、じたばた、奇声をあげて、わあわあ、一張羅《いつちようら》をぬらして、ずぶずぶと、無銭《かつて》に一人芝居をやらかす、ていたらく。そんな茶番狂言《ちやばんげき》を、えんえん、書きつらねても——まァ、それはそれで、読者にとっては、愉快かも判《わか》らぬが——それでは、ちっとも話がすすまぬので、かくて、途中の道ゆきをすッ飛ばし、この角帽に黒サージの書生てい、「ちょろ万《まん》」こと阿閉万、ことしかぞえで二十七才が、ようよう、電報の相手《ぬし》と会う段となる。

「アア、阿閉君！　お待ちしておりマシタぞ！　イヤ、しかし、ひどい格好《なり》デスな？　またぞろ、よそ見でもされておりマシタか？」

で、ここは早稲田《わせだ》の学舎《いつかく》、鏑木博士の研究室。

古本やら能面やら陣太鼓《じんだいこ》やら、なにがなにやら、判然とせぬほどの我楽苦多《がらくた》にかこまれ

て、すっくとそびゆる、いや、どっかとのさばる、関取《せきとり》ばりの肥大漢。これぞ、阿閉君の師にして雇主、ひと呼んで「人間樽《だる》」こと鏑木小杏《こきょう》博士。いささか泰西《たいせい》なまりが鼻つく、この先生、学術雑誌「変態心裏《へんたいしんり》」の主筆兼発行人で、論敵からも「智恵《ちえ》も贅肉《にく》も百貫《ひゃっかん》」「脳髄《みそ》のつまった肉団子《まんじゅう》」と恐れらるる博識で、英仏独語の論文を洋雑誌に寄稿するほどの堪能《たんのう》でもあるわけだが、見てのとおりの体格ゆえ、喜久井《きくい》町のお邸《やしき》から、大学までの往復《ゆきかえり》以外、ほとんど出あるかぬという、非常な出無精《でぶしょう》なので。かくて、ちょろ万をご用聞きがわりに、雇うておるよし。

「それよりも、いかなる大事です？　これまで、博士より電報を頂戴《ちょうだい》したなぞ、わずかに、一、二度。それも……」

と、れいによって、ぎゃんぎゃん、書生がせっつくが、かたや、博士のほうも、いつものすずしい顔で、しらりっと、

「イエ、さほどの大事ではありマセン。ただ、いそぎの用むきで、じつは今夕、麻布《あざぶ》までいってきてもらいたいのデス。阿閉君、ご都合のほうは、よろしいデスな？」

それに、ちょろ万、えたりとほくそ笑み、手前ぎわめのご託《たく》をならべて、ぽんぽんと、

「ほう、麻布ですか！　ははァ？　さては、新年早々に麻布の七不思議ですナ？　すると、広尾《ひろお》に馬鹿囃子《ばかばやし》でもでましたか？　それとも、狸穴《まみあな》の狸蕎麦《たぬきそば》？　いやいや、もしや、

らいたいのデス。」

「残念デスガ、今回は七不思議のたぐいではありマセン。絵を一点、引きとりにいってもらいたいのデス。」

と、小杏博士が用むきをあかすと、阿閉君、露骨に眉をひそめて、うかぬ顔をして、ぶつくさ、

「絵？　画？　それだけ？　本当に？」

博士はしたりとうなずくと、いっそ地蔵顔をにやつかせ、

「ハイ。しかし、そこはそれ、わざわざ阿閉君にご出馬をお願いするのデスから、尋常の絵画ではありマセン。これまでに聞いたところでは、描かれた肖像《じんぶつ》が、日に日に老いてゆくという、なんとも奇怪なる絵とのことデス。」

それを聞くに、ちょろ万、意気がるどころか、妙におたついて、そわそわ、

「画の肖像が老ける！　へえ、そいつは気味がわるい！　ええ？　すると、も、もしや、そんなのをもって、ひ、ひとり夜道を、我輩《わがはい》が……？」

この男、怪異だの、神秘だの、ふしぎだのと聞くと、いてもたってもいられぬ性分で、話だけならひどく威勢がよくッて、いやにたのもし気《げ》だが、そのじつ、いざと現場へむかう段となれば、せいらいの小心が頭をもたげ、魚《うお》が跳ねただけでも怖じけづく、大の恐が

り、空大名《からだいみよう》なので。それでも、まァ、なんとかかんとか、これまでやってこられたのには、一には彼氏の大家で、縁側探偵の玄翁《げんのう》先生が、背後《うしろ》にひかえていたからであり、それといま一ツは、惚《ほ》れた女——これがなかなかの難物で、新聞の雑報記者にて、女権拡大論者の諸井《もろい》レステエフ尚子《しようこ》女史——の手前、なまじい弱味を見せられぬからでもあるのだが、はてさて、今回は、いかが返答したものか。

ところが、小杏博士のほうは、書生の煩悶《ちゆうちよ》なんぞ、てんでおかまいなしに、とうとうと話をつづけて、

「デハ、お願いしマシタぞ。アア、ちなみに、その絵ですが、じつは、かような仔細がありマシテな……」

かくて、絵をしらべてくるよう、話をもちこんできたのは、博士の旧《かつて》の門弟《おしえご》にして、妻を娶《めと》ったばかりの清家保文《せいけやすふみ》なる人物。その氏によれば、その絵は妻百合《ゆり》の肖像画にて、婚礼のおいわいものとて頂戴した品という。それが、ほんの五日ばかりまえの話で、挨拶《あいさつ》まわりだの、おいわい返しだのと、いそがしくしているうち、気づいてみたらば、肖像の顔に皺《しわ》が寄り、染《し》みが浮かび、この三日ほどで、みるまに老婆へと変じていたのだとか。そのあんまりの呪わしさに、婚儀の疲労もかさなって、とうとう、モデルとなりた妻百合は、神経をまいらせ、体調もくずし、寝こんでしまったよし。

「はァ、では、それを拝借してくるだけでよろしいのですナ？」

と、ちょろ万が気乗りのしない声でうかがうと、小杏博士はやおら手帳の頁《ページ》をむしって渡し、いわく、

「サア、これを。ここに訊くべきことを、すべて列挙《かきだ》しておきマシタぞ。わすれずに質《ただ》してきてくだサイ。よろしいデスな？」

それには、なにやら几帳面《きちょうめん》な楷書《かいしょ》で、びっちりと書きこまれ、それを阿閉君が声にだして読みあげるに、

「ええ〜、なになに……その一、婚儀に反対していた者の有無《うむ》。その二、この五日間に新居へ出入りした者の名。その三、両名が留守をした日時。その四、家の戸締まりの具合。その五、画家の素性《すじょう》ならびに所番地《じゅうしょ》。その六、部屋の状況と画の位置。その七……ああ〜、こんなにも、ことこまかに、聞きだしてこなけりゃならぬのですか？」

「当然デス。アア、それから……」

「ま、まだ、ありますか？」

と、ちょろ万がむくれたような、あきれたような、なんとも、六《む》つかしい顔をしてみせたが、人間樽はそれに気づいたふうもなく、最前《さき》と変わらぬ野ぶとい声もて、

「後日でかまわぬですから、その画家をたずね、絵の変化について、心当たりを訊《き》いてき

ていただきたい。」

「はァ、まァ、いちおう、承《うけたまわ》りましたが……で、その清家氏のお宅とやらは、麻布のどのへんです？」

博士は背広の内懐《ポケット》から、一通の封書をとりいだすと、その裏書をあらためて、

「エエ〜、麻布区霞《かすみ》町の××番地デスな。ここは、たしか青山《あおやま》墓地の裏手で、墓地下《ぼちした》とかいったはずデス」

「ぼ、墓地下ァ〜！　うえェ〜！　なんとも、いやな名じゃありませんかァ〜！　墓地下なんて、まるで、彼岸《あのよ》か地獄のようで……」

と、ちょろ万が、尻あがりに、ひょうげた声をだすと、小杏博士、ふいと閻魔《えんま》顔をつくって、ぴしゃっと、

「ホラ、いつまでもばかなことをもうしてないで、しかとお願いしマシタぞ。サア、もういってくだサイ。」

「はァ、了解しました。」

と、研究室を追んだされ、不平たらたら、鼻水だらだら、かくて、ちょろ万、またぞろ、雨の道ゆきと相なるの段。

もはや夜も八時をまわり、いぜん小糠《こぬか》雨はふりやむ気配なく、街路はその名にたがわず、霞と闇にしずんで、墓地からふきおろす風も、いっそ冷《ひ》んやりとして、ひとも車もたえて見られぬ。

もともとこの霞町《あたり》は、ご一新後、椎名《しいな》藩邸、阿部正功《あべまさこと》邸を合併してうまれたもので、隣町の霞山稲荷に接しているため、かく称さるるようになったとか。墓地のほうも、もとは美濃郡上《みのぐじょう》藩、青山家下屋敷だったところを、明治五年の神仏分離による神葬墓地としたのが、そのはじまりという。まァ、なんにしろ、ふるくから七不思議が語られていたように、さびしき土地柄ではあった。

さて、そんなお屋敷町を、せかせかといそぐ、われらが阿閉君、右手《みぎ》をうそうそ、左手《ひだり》をきょろきょろ、ひどく落ちつかぬようすで――それでも、なんとかかんとか、番地を確認しいしい、裏通りへとはいりこみ、しばらくいって、ついと足をとめた。そのさきには、小ぢんまりとした、だが、瀟洒《しょうしゃ》な洋館が一《ト》棟。

で、清家なる表札をあらためたうえ、洒落《しゃれ》た呼び鈴を鳴らして、

「夜分に失礼いたします。早稲田の鏑木博士のつかいでまいりました、阿閉ともうすものですが。」

まちかねたように、いそいそとおでましになったのは、当家の主人の清家保文氏。年の

ころはおよそ三十見当、長身瘦軀《そうく》の優男《やさおとこ》で、みごとに整髪せられた長髪に、金縁のロイドふう眼鏡、茶のとっくりにカーディガンを羽織《はお》りて、ズボンは折目ただしきグレーのフランネル、で、足許《もと》はバレエ靴のごとき黒の室内履きと、頭のてっぺんから爪《つめ》のさきまで、もののみごとに泰西ふう。それが、さして嫌味に見えぬのだから、また小にくらしい。いや、まったく、都会育《みやこ》ちと品のよさとがにじみでた装束《よそおい》で、上州《じょうしゅう》の山猿、いまや濡れ鼠《ねずみ》のちょろ万とは、ひどく対照的だけれど、その笑顔からは、余裕どころか、焦燥と恐慌とが、もう、ありありとうかがえたので。

「清家です。わざわざすみません。どうぞおあがりください。」

と、案内《とお》されたのが、十五、六畳はあろうかという、いやにひろびろとした、奥の客間。ここも、家具から絨毯《じゅうたん》から壁紙から、みな欧州のシックなモダニズム調で、落ちついたなかにも、三、四点、ロココだかコロロだか、きらびやかな調度類がすえおかれ、いささかプチブル趣味が鼻につく。

「じつは家内が仰臥《ふせ》っておるもので、なにもおかまいできませんが、阿閉さん、葡萄酒《ワイン》などはいかがです？」

が、ひがみからか、気おくれからか、はた性急からか、さだかならねど、阿閉君はしかつめらしい顔で、滅多ないお誘いをことわって、

「いえ。せっかくですが、ご遠慮もうします。酔ったせいで、絵に万が一のことがあっては、我輩としてもこまりますゆえ。それよりも、まず、くだんの絵を拝見したいのですが。」

「ええ、それでは……」

と、清家邸のご主人は、しぶしぶ、北側の壁にあゆみ寄ると、六点ばかりの絵画のなかでも、ひときわおおきく、かつ白布でおおわれた絵のまえにたち、布をいとも手荒にはぎとって——それを見るに、ちょろ万、おもわず腰を浮かし、大げさにも、ぎゃっとさけんで、

「うわわッ！　なんとも、こりゃ……老けたというより、ひどく醜くなっちまって……あ、これは失礼いたしました！　病床の奥さまのことがありながら、かくも無遠慮なことをもうしまして。いや、どうも、あいにく……」

その三十号ばかりの油絵は、気どったポーズのモガを描いたもので、髪は短くボッブに刈られ、あかくぴったりとしたセーターに、くろき膝上のスカートなり、ピアノを背景《バック》に腰をおろし、長い脛《すね》もあらわに脚をくむという、婚礼のおいわいものとしては、いささか扇情的《せんじょう》な構図《えがら》なので。まァ、顔にさえ目をやらねば、モデルとなりた女性の、挑発的なまでの若さと、肢体の優美さとが、よく描きあらわされた佳品《かひん》ともいえ——が、それだけ

に、ふかく皺の刻まれた目尻に口許、落ちくぼんだ眼窩《がんか》とやつれた頬《ほほ》、点々と染みの浮きでた、くろずんだ肌などが、いっそ見るものに、避けられぬ老いへの、否、死への畏怖《いふ》、時《とき》間の残酷さ、そして、美と盛りにたいする執心の醜さとを、いやおうなしに、想起させずにおかぬのだった。

しかして、清家氏は絵が目にはいらぬよう、しいて北側の壁を背に、どっかと腰をおろし、いらいらと首をふって、

「いえ、むりもありませんよ。あれではね。つい五日まえまでは、しろくうつくしかった顔が、かくも無残《むざん》に老いさらばえては。それでもう、家内はひどく落胆《おちこん》でしまい、働きぐちの女学校もやすんで、昨日から床についたきり……まったく、婚儀をあげたさきから、これだもの……」

いまや氏も、すっかりしおたれて、ぼそぼそとひとりごち、かたや、阿閉君のほうは、博士より託された紙片をにらみつつ、淡々とささきをつづけて、

「では、最初にこの絵の変化に気づかれたのは？」

「三日まえのことです。ふいと家内が悲鳴《こえ》をあげたので、いそぎ私も見たらば、もう……」

「すでに、この状態だったと？」

「いえ。まだ、これほどまでには……」

で、ちょろ万、ついと顔をあげるなり、たたみかけるような早くちで、

「まだ？　これほど？　すると、なんですか？　この二日のあいだにも、絵のなかの奥様は、年をとりつづけていたと？　もしや、まだ老けつつあると？」

清家氏は絵をちらと見やりて、また顔をしかめ、

「わずかずつではありましたが、ええ、たしかに……でも、きょうのところは……いや、ほとんど……」

「変化が見られない？　ほう、なるほど。さようですか。しかし、いささか変わっておりますナ、この絵。」

と、ちょろ万が指をさしたが、氏は判然とせずに、不審の表情《つらつき》で絵をのぞきこみ、

「は？　どこがでしょう？　もとより、あの顔は……？」

「いやいや、失礼。ただしくは絵のほうではなく、ほら、額《がく》に嵌《は》められた、一見、曇っておるようにも見える、あの色ガラス。」

が、当主にもこころ当たりがないらしく、しきりと首をふって、

「ああ、あれですか。あれは、当初からあのままで。まあ、たしかにいわれてみれば、あんまり見かけないですな。さような色ガラスは。」

「では、きっと、なにか意図があるのでしょう。それで、この絵はどなたさまが贈られましたので？」

「これは家内の女学校時代からの旧友で、少女雑誌などにさし絵を描いておられる、女流画家のかみをちゑ子先生のお作です。年は家内とおんなしで、まだお若いですが、いまや、さし絵画家としては、おしもおされもせぬ大御所で。それが、こんな……せっかく、婚礼のおいわいものとしてくだされたのに、こんな状態では、私としても、先生にはもうしわけがたたず……」

それを阿閉君、敏《びん》にも挙げ足とって、やいやい、

「私も？　それはどういう意味です？　もしや奥さまのご友人という、その縁《えにし》だけではないと？」

「はい。じつは、私、花泉社《かせん》という出版社で、編集者をしておりますもので、かみを先生とは、これまでにも何度か、お仕事でご一緒させていただきました。それに、そもそも、それが……」

「か、花泉社？　お、お、大手でありますナ？」

霊異《りょうい》にも弱いが、権威にもからきし弱い、この男、急にあらたまって、背筋をぴんとのばせば、ふいとご主人、にんまりと笑って、

「そうそう、そういえば、阿閉さんのお名前も、存じあげておりましたよ。昨秋でしたか、『新聞集成　明治怪事件録』なるご本をだされましたでしょう？　ええ〜、あれは、たしか心外社《しんがいしゃ》とか、案外社とかいったとおもいますが？」

「ハハハハ、人外社《じんがいしゃ》ですが、イヤ、清家さまもご承知でしたか。これは、なんとも、お恥ずかしい。」

で、また、おだてにも弱いときてる。それで、まァ、一トしきり、座はなごんだが、ちょろ万、九時の時鐘を合図《しお》に、はたと我にかえって、

「おっと、いけない。もう、こんな時間か。ところで、話はもどりますが、絵の異状について、かみを女史には？」

「はい。おつたえしましたところ、まったくもって、こころ当たりがないと。邪魔であれば、いつでも引きとるからと、そうもうされて……」

「なるほど。ときに女史は、どちらにお住まいで？」

「駒込《こまごめ》の蓬莱町《ほうらいちょう》ですけれども……ま、まさか、阿閉さん、先生のところへ？　そ、それはこまります。家内の友人でもあり、また、私の仕事上の関係もあり、それに、そもそもが……」

「そも、なんです？　なにか不都合でも？」

かく阿閉君が突っこむと、清家氏はにがり顔で、とつとつと、

「それが、じつは……先生は私どもの仲人《なこうど》のような方なので。そもそも、家内の百合と知りあいましたのも、先生のお宅でしたから。そこで、いく度か顔をあわせ、それが縁でこの度《たび》……それと、よろしいですか、阿閉さん。かみを先生は、いわゆる芸術家肌なのです。かなりに六つかしいお方で。一ト度《たび》、ご気分を害されると、一週間はたれともくちをきかぬという、非常な情《じょう》っぱりともうしますか、頑《かたく》なともうしますか……いざ、そうとなられたなら、たれにもどうすることもできません。」

「いや、念のために、お訊きしたまでです。けして、ご迷惑はおかけしません。それと、あとですナ……」

婚儀に意見したものはたれか（なし）、出入りの商人にあやしき輩《やから》はないか（なし）、留守の戸締まりはいかがいたしておるか（昼間は女中が留守居《るすい》）、その女中に絵の心得はあるか（たぶん、なし。そもそも訊かれるまで、絵の異状にすら気づかなかったよし）等々、ちょろ万もしつこく食いさがったが、けっく、あやしきものの名は聞かれずにしまった。すなわち、たれひとりとして、夫妻の留守をねらい、絵に悪戯《いたずら》を仕かけられぬと判ったので。

そして、とうとう、阿閉君も長ッ尻《ちり》をあげ、

「さて、では、これを博士にお渡しして、画の詳細なる研究をしてみます。できうるかぎり、絵に損傷《きず》をあたえぬよう、留意《こころ》いたしますが……」

「ゆ、百合！」

かく面談の〆《しめ》をつげんとした、その折りふし、率然《そつぜん》と扉がひらかれ、くだんの女房とおぼしき、やつれ顔の寝巻なり——丈が五尺五寸（一六六糎《センチ》）ほどもありて、目鼻だちのはっきりとした、齢《よわい》二十四、五のうつくしき若妻——が、血ばしった目であらわれいでて、髪をふり乱しつつ、ひどく耳ざわりな、きいきい声をはっして、

「か、かまいませんわ！　切るなり焼くなり、あなた方のすきにして頂戴！　それよりも、どうか、は、はやく、この家から、その忌まわしい顔を……」

というなり、ばたとくずおれ、すんでのところで、夫の腕《かいな》にすくわれるのだった。

しかるのち、主と客の二人で絵の梱包《こんぽう》をすませると、氏は客を表通りまで見送りにでて、妻の粗相《そそう》を詫《わ》びた後、

「では、鏑木先生によろしくおつたえください。かくなるうえは、絵の処分もすべておまかせいたすからと。」

「承りました。それでは、また日をあらためて、ご報告にあがります。」

かくて、世にも奇怪なる絵画は、ちょろ万の腕に託されたよし。

月下氷人《げっかひょうじん》

「これ、これ、阿閉君や。さようにいそいで、いずこへまいる。」

その翌日、昼さがり。

昨晩とはうって変わって、雨なく風なく、ぽかぽかとお日さまのぞいて、いいお日和《ひよ》り。げにも、うららかなる上天気。

こちらは、年がら年じゅう、変わらぬあわただしさのちょろ万、市電の鶴巻《つるまき》町停留所へといそいでいたらば、ふいと耳なじみのある、さび声がかかって。ふりむくと、真ッしろな総髪《そうはつ》に、おなじく山羊鬚《やぎひげ》、ステッキついた褞袍《どてら》なり、いっそ貧乏神か仙人かといった風《ふう》体《てい》だが、これ、阿閉君の下宿の大家で、「玄翁先生《げんのう》」こと間直瀬玄蕃《まなせげんば》。俳号玄虚《げんきょ》、茶号を玄翁と称する趣味人で、またの名を「早稲田の幽人《ゆうじん》」。ことし、かぞえでもう七十五にもなる、いいお爺ちゃん――と、いいたいところだが、これでけっこう頭はきれるし、弁はたつしで、そのくせ、非常な吝嗇《りんしょく》家で、うるさ型のおせっかい焼きで、なかなか一ト筋縄ではゆかぬ、ご老体。店子がもちこむ、およそ不可解なるの謎を、縁側にいながらにして、きれいに絵解きしてみせるという、至芸《しげい》のもちぬし。さよう、縁側探偵である。

「ああ、これは、ご隠居、ひょんなところで！　じつはですナ、いま……」

と、ちょろ万、画美人老ゆるの怪を、喋々《ちょうちょう》とうちあけるや、玄翁先生、得意のつらで、いつもの博識を披瀝《ひれき》して、べらべら、

「ほう、画に描かれた美女が老けるか。まるで支那の志怪《しかい》小説のようだの。ああ、阿閉君、志怪なるはな、およそ怪異をしるしたるの謂《い》いで、いわく怪談さ。もっとも、志怪のほうでは、佳人が夜な夜な画よりぬけだし、亭主となにをするという、まあ、えらく艶《つや》っぽいものだがな。しかし、なんだ、画中の美女が、老いさらばえてゆくとは、これはまた、なかなか……」

「ご隠居、このふしぎを解く腹案でもありますか？」

と、おもわせぶりな大家の謂いに、つねのごとく、店子が絵解きを聞きだそうとせっつくが、ご隠居は否と首をふって、

「いや。とくにはないが、たしかに、その絵に異状はないのだな？　まさか、押し絵のたぐいではあるまい？」

「いえいえ。一見して、ふつうの油絵ですが、ただ……」

「ただ、なんだ？」

「絵のほうではなく、額にすこし……」

「額がどうした？　あんまり年寄を焦《じ》らすでない。」

「じつは……額の嵌めガラスに、色がついておるンです。それも黒っぽい。」

しかるに、玄翁先生、顎鬚《あごひげ》を撫《な》でやりながら、しきりとうなずいて、ふんふん、

「ほう、色ガラスか。それは異《い》なことだの。ちいと気にかかるな。で、それについて、くだんの絵師は、いかがもうしておる？」

それで、阿閉君、ふいと用むきおもいだし、懐中時計を見やりて、あたふた、

「だから、それを訊こうと、これから……あッ、いけねえ！　もう、こんな時間じゃないか！　それじゃ、ご隠居、きょうはこれにて。またこんど、ご意見をうかがいにまいりますから。」

とて駆けゆく店子の背に、大家はにたりと笑って、

「やれやれ、毎度《いつも》ながらに、おいそがしいことだの。ふふふ。」

水道橋《すいどうばし》で乗り換え、下板橋《いたばし》ゆき二十一系統で、白山上《はくさんうえ》にて下車。そこから、あるいて十分たらず。寺の甍《いらか》がつらなる寺町の一隅《いっかく》に、なんとも不似合いな、白亜《はくあ》のお邸――あ、いや、じつのところ、敷地はさほどでもないのだけれど、ガラスと凝固土《コンクリート》だけの、すばらしくモダーンな普請《けんちく》だから、どうにも目立って仕方がない。寺町から孤立《しゅうい》していると

いうか、屹立《きつりつ》しているというべきか、とまれ、そこが、ちょろ万めざすところの、かみをちるゑ子邸である。

さて、阿閉君、応対にでた女中をあいてに、とうとうとまくしたて、

「失礼もうします。こちらは、まちがいなく、かみをちるゑ子先生のお宅ですナ。さようですか。それはよかった。じつは我輩は早稲田の書生で、先生が贈られました、清家さまの奥方の肖像について、二、三、うかがいたきことがございまして、ここに参上した委細《しだい》です。ときに先生は、ご在宅でありますか？」

女中のほうも、とっくり、じっくり、客の人体《にんてい》をあらためたあげく、この男、家中にあげるにおよばぬ、そう値踏みしたものか、

「先生はおりますが、このまま、少々、おまちください。ご用のむきを、おつたえしてまいりますので。」

で、また、ぴしゃっと、扉を鎖《とざ》してしまうので。

ところが、四、五分ばかりもまたされたすえ、ようよう客間に案内《あない》されたかとおもえば、四方《あたり》を見まわす暇《いとま》もあらばこそ、きんきん、耳が痛くなるような、神経的な高声があがって、

「あなた、たれ？　なんですって？　また、あの絵のこと？　そんなことを、わざわざ訊

きにきたわけ？　まったく、もう！　そんなに、ぎゃあぎゃあ、ぬかすのだったら、とっとと、あの絵をかえして頂戴《ちょうだい》！　せっかく、婚礼のおいわいだからって、いそがしい合間をぬって、描きあげたっていうのに！　なんなのよ、いまさら！　絵の顔が変わっただの、変色しただの、おかしないいがかりをつけてきて！　いったい、ぜんたい、どういうことよ？　それこそ、こっちのほうが訊きたいくらいだわ！」

なんたる剣幕《けんまく》。なんたる形相《ぎょうそう》。あの阿閉君をしてさえ、名乗りをあげる暇をあたえぬとは。一《ト》言もくちをはさむ隙《すき》を見せぬとは。

その声のぬしたるは、小兵の書生ッぽよりも、さらに二寸（約六糎）ほども丈《たけ》低い小《こ》女《おんな》にて、くろき丈長《たけなが》なワンピースを身にまとい、そのうえへ、ショールだか、襟巻《えりまき》だか、毛布《ゲット》だかを、ごたごたと、いく重にも巻きつけて、まッかな紅《べに》をぬりたる唇で、ぱっぱっぱと、口泡《くちあわ》とばして、えんえんと、客をどやしつけるのだから、聞くほうの身としては、これはもう、たまったものじゃない。

しかして、ちょろ万、ぴくりとも、身うごき一ッとれぬまま、たらたら、冷汗《ひやあせ》か脂汗《あぶらあせ》かをながしつ、三、四分もじっとこらえていたらば、かみを女史も、いくらか腹の虫がおさまったと見え、すこしく声を落として、

「で、あなた、たれ？　なにもの？　百合のつかい？」

「いえ。我輩はご主人のほうの知己《しりあい》の、そのまた知己で、早稲田で書生をしております、阿閉万ともうすもので。」

するど、女流絵師は客の風体を、にらむようにして見つめ、

「ふ～ん、老けた学生さんね？　へ～え、それで、保文さんとは面識があるのね？　で、なに用かしら？　絵のことなら、どうして、本人がこられないの？」

「ええ～、それは……」

とて、阿閉君、清家氏が鏑木博士に絵を託したる事情《いりわけ》、氏の奥方が気を病んで仰臥《ふせ》っている内実《ことわけ》等々、縷々《るる》委細《いさい》をつくして、うちあけると、

「そうなの……あの百合がね……あんがいに神経がほそかったのかしら……」

かく女史がひとりごち、ようよう、椅子に腰をおろしたので、ちょろ万も、やっと安《やす》んじて、当初の用むきをきりだして、

「それで、あの、かみを先生、れいの肖像の顔についてなんですが、あの変化になにかおもい当たるふしとかおありで……？」

が、その目論見《もくろみ》は甘かった。女史はまたしても、たちあがるなり、いっそ顔をあかくして、がみがみ、やいやい、

「そんなもの、あるわけがないでしょ！　だいたい、絵がおかしくなったのは、あの家に

移ってからじゃない！　妾《あたし》が運ばせたときには、全然、なんともなかったのに！　そうであれば、あの夫婦《ふたり》が気づくはずでしょ！　ちがう？　だから、そう！　あれは、たれかが悪戯描きをしているのよ！　きっと！」

「い、悪戯描きですか？　しかし、留守居の女中には、絵の心得もなければ、それに気づきさえ……」

「ねえ、あなた？　妾の話、ちゃんと聞いてらっしゃる？　いま、妾、女中って、いったかしら？　いかが？」

「い、いいえ。先生は、女中の女の字も、くちにはされませんでした。で、ですが、女中のほかには……？」

「たれもいないとでもいうの？　へ～え、あなた、おかしなことをいうのね？　い～い？　ご主人の保文さんはね、『乙女倶楽部《おとめくらぶ》』の編集者よ？　しってるわよね？　だから、当然、絵心があってもふしぎじゃないし、あの百合だって、あれで女学校時代は、けっこう、絵も上手《うま》かったのよ。もっとも、妾の足許にもおよばなかったけれど。」

「で、では、先生は、ご夫妻のいずれかが、絵に……？」

「だいたいね、あなた！　よ～く、聞いときなさいよ！　い～い？　油絵ってものはね、たしかに退色《いろおち》や輝割《ひびわ》れをおこすけれども、それには何年もかかるものなの！　一週間かそこらってことはありえないのよ！　絶対に！　もし、たとえ異常な条件のもとで、それがおこったにしても、顔だけっていうこともないわ！　それっくらい、素人《しろうと》のあなたにだって、さっしがつくでしょう？」

「は、はい、まことに当をえた、ご指摘であります。」

女史はそんなお追従《ついしょう》にも、にこりともせずに、仏頂《ぶっちょう》づらのまま、かく面談の終了《おわり》をつげて、

「そう！　じゃ、もういいのね？　そろそろ、帰ってくださらない？　妾、いまとってもいそがしいの！　雑誌の〆切がせまっていて……」

「承知しました。きょうは、先生にお会いでき、大変に光栄でした。」

「はいはい！　それじゃ、さようなら！」

が、戸口まで、もう一歩というところで、阿閉君、やおらふりかえって、おずおず、

「そ、その、先生、あと一、二、不明な点が……？」

画家は露骨にいやな顔をしてみせると、声高《こわだか》にぎしぎし、

「なに？　まだ、なにかあるの？」

「あの額の嵌めガラスについてなんですが、先生はなにゆえ、色つきのものをえらばれたのでしょうか？」

かみを先生は、なんでもないといったふうに、ふんと鼻を鳴らし、

「ああ、なに、そんなこと！　あれはね、退色《いろおち》させないためよ！　百合が日当たりのよい部屋に飾りたいっていうから、絵に直接、日が当たっても大丈夫なように、わざわざ、色の……なによ、あなた！　ひとの話を聞かずに、なにをそんなに、じろじろ見てるの！　失礼じゃない！」

　と、客がろくろく話も聞かず、ただ一点ばかりを、じっとにらんでいるのに気づき、また女史が金切り声をあげると、ちょろ万、しかつめらしい顔で、

「つ、つ、つ、つかぬことをおうかがいいたしますが、そ、その、お手はいかがされましたので？」

「こ、これ？　この白手套《しろしゅとう》のこと？　じつはね、妾、ひどい冷え性なの！　なんといっても、画家にとっては指が命だから！　始終《しょっちゅう》凍《こご》えてちゃ、仕事にならないでしょ！」

「で、ですが、むしろ、きょうは非常にあたたかですが？　こちらのお部屋だって、かなりに温《ぬく》もっているし、なにも手袋をするほどじゃ……？　それに、右手だけというのも……？」

　と、阿閉君、ねばり腰に食いさがって、ねちねち。かたや、かみを女史、とうとう癇《かん》癪《しゃく》をおこして、ぎゃあぎゃあ、

「ンもぅ〜！　いちいち、ぅるさいわね！　い〜い？　妾が冷えるといったら冷えるの！　あなたがどぅだろぅと関係ないの！　さあ、ほら、ほら！　帰りなさいってば！　いいかげんにしないと、巡査さんを呼ぶわよ！」

と、客の胸をどつき、その脛を蹴り飛ばして、ついに戸外《そと》へと追いやってしまぅのだった。


「といった顚末《しだい》で、もぅ、とりつくしまもないともぅしますか、神経症的《ヒステリック》とでももぅしますか、かみを先生には、この我輩とても、ほとほと……」

その夕、鏑木博士の研究室にて。

右のごとく、書生がこれまでの経緯《いきさつ》を、仔細にわたりて報告していると、ふいに人間樽、地蔵顔をいっそほころばせ、して、いわく、

「イヤ、阿閉君、ご苦労さまデシタ。これで種《たね》が割れマシタぞ。」

知恵百貫《ちえひゃっかん》
それを聞くに、ちょろ万、口をわんぐり、目蓋《まぶた》をぱちくり、ひょうげたつらで、

「な、なんですと？　種が割れた？　いや、我輩には皆目《とんと》、見当がつかぬですが？　だのに、どうして博士には……？」

「えてして現場におると、さまざまの事情にまどわされ、こまかな点に目がとどかぬということがありマス。この度の阿閉君のはたらきは、まことに称賛に値するものデシタが、いかんながら現場の雰囲気にのまれ、肝心な点を見過ごされて、いや、ともうすより、その意味に気づかずにおられたので……オヤ？　エエ〜、どこだったかしら？　たしかこのへんに……？」

と、博士は長広舌《ちょうこうぜつ》をふるいつつ、ごそごそ、我楽苦多《がらくた》の山をかきまわし、なんとかお目当ての品を手にすると、それを机上《つくえ》におくなり、にこにこ、さも満足げにほほえみて、

「種はこれデス。」

「しゃ、写真機？」

それは大部《たいぶ》の辞典ほどもある、ふるく大きな写真機だったので。それを手に、なおも博士はさきをつづけて、

「おそらくこ度《たび》の事件、イヤ、事件ともうすには、あまりに些細《ささい》なできごとかも判りマセンが、その奥底《おくそこ》には、男女の愛憎劇《あいぞう》が隠されていたのデス。」

「男女の愛憎劇？　すると、あのご主人が……？　いや、まさか、そうであれば、わざわ

ざ博士に絵を託すはずが……？　で、では……妻百合さんの自作自演だとでも？」

「イイエ、阿閉君、ことをそう複雑にする必要はありマセン。絵に細工をおこのうには、絵の心得がなくてはなりマセン。清家君は雑誌の編集者、奥さまは女学校の教師。いずれにもあんがいな画才があってもふしぎはありマセンが、もっとその役にふさわしい人物がおったデショウ。判りマスか？」

いかなちょろ万とて、ここまで委細をつくされて、さっしがつかぬはずもなく、

「では、やっぱりかみを女史が？　しかし、どうやって？」

「それが、この写真の仕かけデス。」

「ですが、どうして写真機が？　あれは油絵でしたが？」

鏑木博士は一ッ、大きくうなずかれると、

「まずは、あの額の色ガラス、デス。あれは、おそらく感光《かんこう》を遅らせるためデショウ。」

「か、感光？　退色ではなく？」

「ハイ。若くうつくしい肖像画の上から、ある無色透明の薬剤をもて、老婆の絵を描いておきマス。すると、当初は無色ですから、しろい美女のままデスが、遠からずして感光がおこり、くろく醜い老婆があらわれるという仕かけデス。あの色ガラスは、さよう、感光の作用を遅らせる役目《ため》なのデシタ。」

が、いまだ弟子は同じあぐねて、しきりと首をかしげ、

「たしかに、まァ、それで理屈はとおりそうですが、いかにして、博士はそのトリックを見ぬかれたので？　化学の教授にでも、あの絵を研究させたのですか？」

「イイエ。たれに見せるまでもありマセン。阿閉君、貴君の話のなかに、その鍵《かぎ》がありマシタ。」

「えッ、我輩の話に？　それは……？」

阿閉君が惚《ほう》けたつらで返すと、小杏博士はこまった顔で、頬髭をなでやりながら、

「まだ判らぬのデスか？　貴君じしんが帰りしなに、疑問にかんじられたことデスぞ。」

「我輩が……帰りぎわに……？」

五分ほども考えぬいたすえ、ようやっと、ちょろ万にもひらきがついて、わいわい、

「あッ！　女史の手袋ッ！」

「さよう、手袋デス。あれが手品の種をあかす鍵デシタ。」

だが、彼氏、いまだその意味するところを判じかねて、もやもや、

「ええ、たしかにあの日は、正月としては異常にあたたかで、戸外でも日だまりならば、摂氏で十四、五度はあったかも判りません。かてて、くわえて、かみを邸の客間は、かなりに日当たりがよく、我輩なぞは少々《ちょっと》汗ばむほどでした。それゆえ、女史の手袋がへんに

おもわれたのです。それに、右手《きき》だけというのも。しかし、それと感光うんぬんの話が、上手《うま》くつながらぬのですが?」

「さっするに、かみを女史はあやまって、その無色の薬剤にふれてしまったのデショウ。それで……」

「火傷《やけど》を負っていた?」

かく師にさきんじて、弟子は指摘したが、

「イイエ。皮膚を腐食させてしまったのデス。それを隠すため、しごく陽気がよかったにもかかわらず、あえて手套をされていたのデショウ。」

「腐食ですと? すると、その薬剤とは?」

博士はしごく重たそうな写真機を、その巨大な掌中《たなごころ》にて、軽々ともてあそび、

「写真の感光材として、しばしば、もちいられてまいりました、硝酸銀《しょうさんぎん》デス。そもそも、硝酸銀《あれ》は非常な劇薬《げきやく》で、蛋白質《たんぱくしつ》を凝固《ぎょうこ》せしめ、皮膚や組織を腐食せしめるのデス。もとより、絵具として使用されることは、まずありマセン。」

「なるほど。つまりは、こういうことですか?」

一に油彩の肖像画のうえから、硝酸銀もて醜き老婆の顔(皺、染み等)を描く。二に暗色の色ガラスをもちいるにより、感光の時間を遅らせる。けっく、一と二のはたらきでも

って、徐々に感光がおこなわれ、それとともに老婆の顔があらわれて、肖像を老けたように見せたと。

「デスから、女史がもうされた、『日光が直《じか》に当たってもよいように』うんぬんは、きっと真実ではないデショウ。どうして、そもそも、婚礼のおいわいものとして頂戴した、高名な画家の手になる肖像を、直接に日の当たる場所におかれマショウか？　それも清家君の奥さまにお訊きすれば、判然《はっきり》とすることデス。またそれで、彼女にたいする、かみを女史の嫉妬《しっと》心もあきらかとなりマス。おおかた清家君をめぐって、かみを女史と百合さんとのあいだで、くちにはされぬ、女どうしのあらそいごとがあったのデショウ。」

かくて、怪異の絵解きはなされたが、めずらしく、阿閉君の表情は晴れずに、

「しかし、博士、この問題に、いかに決着をつけるおつもりです？　清家氏にあえてことの真実をしらしめますか？　ですが、夫妻の仲をとりもたれたお方が、さように悪質な悪戯をしておったとしれば、清家氏としても、奥さまとしても、今後どうされたらよいかと、こころを痛めるのではありませんか？」

博士もこころなし、しずんだ調子で、ぼそっと、

「サテ、どうしたものデショウね……？」

そこで、ちょろ万、なにやら、はたとおもいたち、ぱっぱと、

「では、こうご返事されてはいかがです？　肖像の化学的研究をさせていたらば、不慮の手ちがいがおこり、絵は非常な損傷をこうむってしまった。結果、肖像とさえ判らぬまでになったので、もはや絵をおかえしすることはかなわぬと。清家氏も絵の処分は博士に一任するとおっしゃっておりましたし、それで角《かど》はたつまいとぞんじますが。博士、いかがです、この案は？」

すこぶる頭はきれるが、世事にうとい小杏博士、さして関心もなさそうに、あっさりと弟子の案に同じて、

「そうデスな。それがよろしいデショウ。」

かくて、事件の決着は見られたのだった。


ところが、それからかぞえて、四日後の昼、両名のもとへと訃報《ふほう》がとどき、それをひらきてみるに、清家氏の妻百合が自宅にて首をくくり、自殺を遂げたとのよし。しかるに、阿閉君、おもうところありて、博士の我楽苦多にうもれたなかから、くだんの肖像画を引きだしてみれば——さらに画の異状はすすみてあり、はたせるかな、あわれ、画美人の顔は髑髏《されこうべ》へと変じていたので。これには、さすがに小杏博士も、ちょろ万とても、一ト言も理屈をつけられずにしまったが、ただ玄翁先生のみひとり、つねのごとくに数寄屋《すきや》の縁

側にて、店子にむかいて、ぼそり、

「ふむ。かかるふかい怨念《うらみ》の筆もて描かれた画には、あるいは魔が宿るということもあるやもしれぬな。」

かくもうされたとか。

其ノ四【日本橋】

橋ヨリ消エタル男

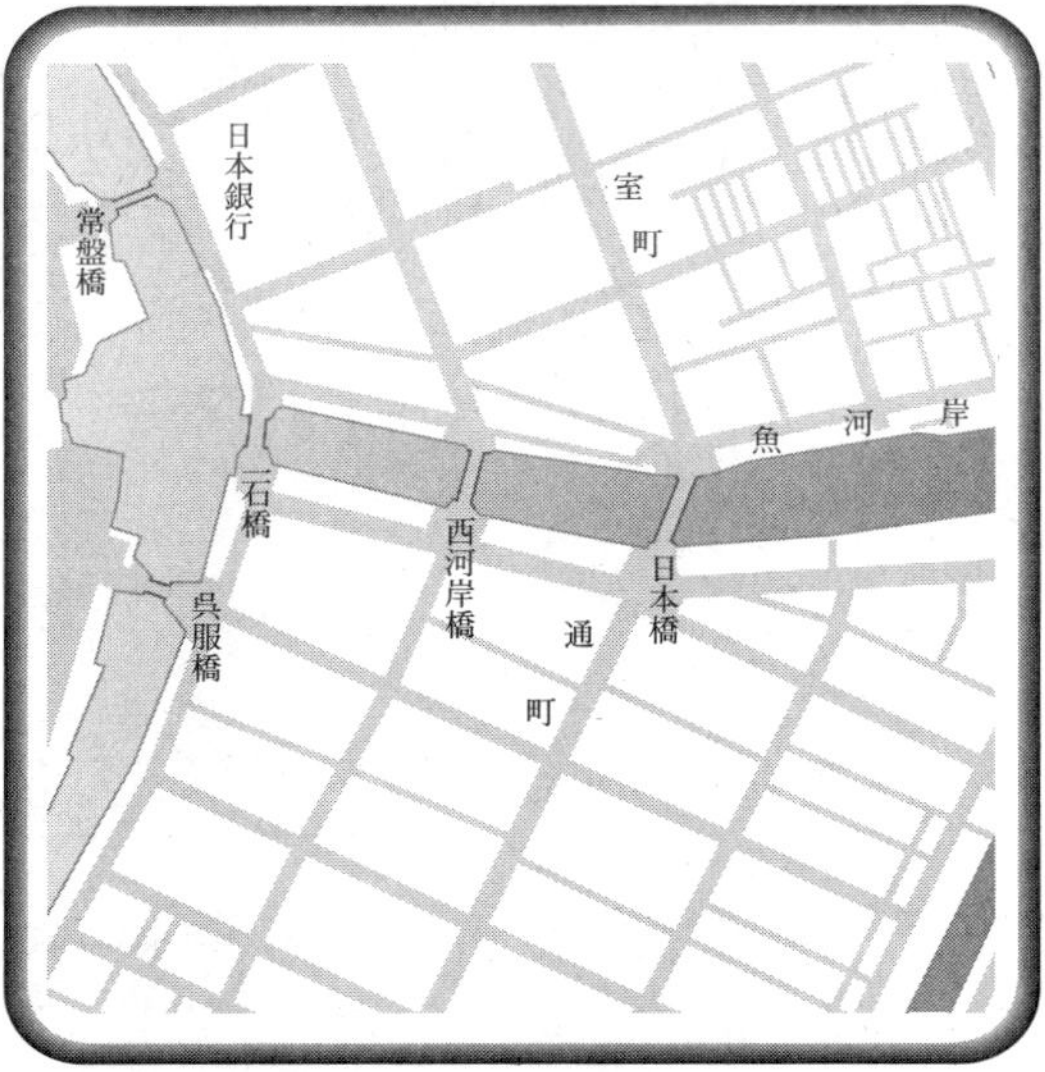

日本銀行
常盤橋
室町
一石橋
西河岸橋
日本橋
魚河岸
呉服橋
通町

雛盗人《ひなぬすびと》

いつもながらに、縁側にての玄翁《げんのう》先生、なま若《わか》な店子《たなこ》をあいての昔語り、お手柄《てがら》顔で、とくとくと、

「あれは、さよう、いまより三十ト六年のむかし、明治三十年は二月《きさらぎ》も、まだうすらさむい月末《つきずえ》のことだったの。ときにな、阿閉《あとじ》君や、おぬしもつとに承知しておろうが、当時の儂《わし》は救世軍に身をおいておってな。その日はちょうど、昼のドンを合図に、隊士五名とともに街頭伝道にいで、通町《とおりちょう》側から室町《むろまち》の日本橋《にほんばし》教会への道すがらに、世にも不可解なるの事件にでッ食わしたのさ……」

花のお江戸は日本橋。
明治丁酉《ひのととり》は三十年（一八九七）の冬二月。
ガラガラ、ガタガタ、ブーブカブー。
ガラガラ、ガタガタ、ブーブカブー。
馬が土を蹴《け》ったて、鉄路《レール》が軋《きし》んで、喇叭《らっぱ》が吠《ほ》えて。

いやもう、やかましいのって、埃《ほこり》っぽいのって。

これ、二頭だての乗合馬車で、軌道《レール》をはしる鉄道馬車で、長二十七間《わたり》（約四九米《メートル》）幅六間（約一一米）ばかりの、日本橋のまンまんなかを、ひとを蹴ちらし、泥を跳ねあげ、チャルメラ鳴らして、あげくに糞《くそ》を置土産に、わがもの顔の行幸《ぎょうこう》ぶり。そんなのが、二分に一台の勘定《わり》で、往《い》ったとおもえば、そらまた来たりで、ひっきりなしの往来ぶり。

赤毛布《ゲット》の上京衆なぞは、塵埃《じんあい》にむせびつつ、目ン玉をおっぴろげて、

「いんや、さすがは東京の心臓だべえ。えらい殷賑《にぎわい》だわさ。のう、留吉《とめきち》や？」

「はあ、これが日本橋の繁昌《はんじょう》だべか。おら、びっくらこいた。」

と、呑気《のんき》にも足をとめ、きょろきょろ、よそ見ばかりしているから、

「おらおら、そこの衆！　のいてくンねえ！　荷車《にぐるま》が通るぜい！　ほ～ら！　ふらふらしてっと轢《ひ》いちまうぞ！」

乾物《かんぶつ》つんだ荷車が、裾《すそ》をかすめるように、ゆきすぎるので。

「な、なんたら剣幕だあ！　おらを轢きころす気かあ！」

「こいつあ、おちおち物見《ものみ》もしてられねえべさ。」

赤毛布連、愚痴をこぼす暇《いとま》もあらばこそ、目のまえを印半纏《しるしばんてん》の裾をひるがえし、腹《はら》帯《おび》、股引《ももひき》すがたも凜々《りり》しげに、日覆《ひおおい》つきの二輪車引いて、「わっせ、わっせ」と。橋の

南詰《こちら》から北詰《あちら》へ、北詰《あちら》から南詰《こちら》へと、たえることなく、「がらがら」と。

さよう、人力車である。辻車夫である。

明治三年の考案いらい、年々に数をふやして、いまや渡世《とせい》用だけでも、一人乗り、二人乗り、あわせて四万台ちかくが、帝都十五区内をはしるとか。ちなみに某紙のしらべによれば、ここ日本橋でも、わずか一分間に三、四台は通行《ゆきか》うよし。

しかるに、鉄道馬車も人力車も、その殷賑《いんしん》を語るにたる一景ではあるけれど、それよりなにより、日本橋名物といえば、やはり商家であろう。問屋であろう。

表通りをうかがえば、むかしながらに、通町の畳表《たたみおもて》に蚊帳《かや》問屋、呉服問屋。本船町《ほんふなちょう》の魚問屋。室町の鰹節《かつぶし》問屋に海苔《のり》問屋。本町《ほんちょう》の織物問屋。そんな土蔵づくりの老舗《しにせ》、大店《おおだな》にまじっては、舶来ふう、当世ふうの眼鏡屋、写真屋。シャツの卸《おろし》に靴の卸。洋燈《ランプ》商に牛肉商。歯磨《はみがき》、石鹸《せつけん》、化粧品問屋に珈琲《コーヒー》問屋と。ハイカラついでに、いまや帝都の新名所、本町の日本銀行に、兜《かぶと》町の株式取引所と、名代の大伽藍も眺望できるが、ちょいと横町へはいれば、まぜまな露地とて、茶漬屋、鳥肉屋、そば屋にてんぷら屋、しるこ屋と、紅灯ひしめく巷《ちまた》である。

で、店舗があれば、そこではたらく人間がある。人種がある。

黒縮緬《ちりめん》の羽織《はおり》を着こんで、手代《てだい》をつれたお旦那《だんな》衆。

粋《いき》な半纏すがたで、天秤棒《てんびん》をかついだ魚河岸《うおがし》衆。

山高帽に二重回《トンビ》しで、乙《おつ》に気どったお役人衆。

セルの袴《はかま》なりで、風呂敷かかえた書生衆。

と、さきの赤毛布連も、おさらい帰りの芸妓《げいぎ》衆を目にして、田舎なまりのひょうげた声で、

「孝助《こうすけ》、ほれ、あれを見るべ。あれが花魁《おいらん》つうもんだべか？」

「ばかこくでねえよ、留吉。花魁がまッ昼間から、こげなとこ、歩くはずがねえ。ありゃあ、きっと芸妓衆だべ。そら、見ない、箱屋《はこや》をつれてるべな。」

「はあ、やっぱり日本橋はちがうべなあ。芸者もみなきれいぞろいだわ。おおっ！　またへんなのがきよった。あれ、ちんどん屋だべか？」

「いんや、救世軍とかだべ。ほれ、慈善運動をしとるという。」

「へえ、どうりで軍服なんぞを着てやがるべ。」

ドコドン、ドコドン、ブンチャカ、チャカ。

ドコドン、ドンドン、ブンチャカ、チャカ。

楽隊《ジンタ》のお囃子《はやし》もにぎにぎしく、颯爽《さっそう》とあらわれいでたる、軍服ていの六人づれ。弱きをたすけ、貧しきをすくう、基督《キリスト》教の慈善団体にて、その名も救世軍。

先頭《さき》にたつのは、ありし日の「玄翁先生」こと間直瀬玄蕃《まなせげんば》で——といっても、もう四十ちかいが、さすがにまだ男ざかり、眼尻《まなじり》きりりと、口元きゅっと、肩はがっしり、背筋もぴっしり、軍服すがたもいさましい男っぷり。ただ女に惚《ほ》れられるには、ちょいと愛想にかけ、男に慕《した》われるにも、あんまり謹厳《きんげん》にすぎ、ぜんたいにまだ人物の懐《ふところ》なり余裕なり、器《うつわ》といったものが感じられぬところが、まァ、玉に瑕《きず》。白壁《しらかべ》に落書《らくしょ》。

それでも、先生、いかにも小隊長然と、指揮棒をふるって、音頭をとりて、足どりかろやかに街路をゆけば、行人の耳目をあつめて、客の足《そ》をとめさしめて、かくて街頭伝道と相なる仕儀《しだい》。

で、楽隊と聴衆とが、南詰のたもとに陣どって——

ちょうどその折りふし、地味な柄ゆきの法被《はっぴ》なりが、ふいと大道へ飛びいだし、一町（約一〇九米）ほどのむこうから、どたどた、ひたはしりにはしって、ぐるぐる、腕をぶんまわして、ぎゃんぎゃん、うるさく吠えたてて、

「こ、この〜！　こそ泥野郎が〜！　まちやがれ〜！　のがすものか〜！　おお〜い、お〜い！　そこの〜、そこの衆〜！　そいつは盗人《ぬすっと》だ〜！　もの盗《と》りだ〜！　とっつかまえてくれ〜！　ゆかせちゃならね〜！」

とて、一同の加勢を乞《こ》うのだったが、されども、みながふりむくよりいっそはやく、浅《あさ》

黄《ぎ》の風呂敷かかえた、鳥打ち帽《ハンチング》に黒のマントていが、着物の裾《すそ》をまくって、一目散にすっとんで、気づけばもう、みなの面前を駆けぬけて、はや橋にかかって、その混雑《ひとごみ》にまぎれてしまって。

「ふう〜！　くそ〜！　まにあわなんだか〜！」

背に「紀　紀乃川《きのかわ》質店」と染めぬいた、さきの法被なり——ちなみに仔細《しさい》をしるせば、七三分けの髪にちょび髭《ひげ》、福々しい丸顔に、たれ目の団子ッ鼻、四十年配の小太り氏——それが、ふうふう、肩で息して、がくがく、膝《ひざ》を鳴らして、ぎしぎし、歯噛《はが》みをして、なんともまあ、くち惜しげにもらすので。

しかして、間直瀬小隊長、ずいとまえへでるなり、ちらと番頭ていを見やった後、じっと彼岸《ひがん》をにらんで、

「いや、紀乃川さんとやら、まだまにあうやも判りませんぞ。なんしろ日本橋は二十七間もある。もし北詰《むこう》で足止めができれば……」

と、いうがはやいか、だっと駆けだし、ぴょんと飛びあがって、

「ほら、見なさい！　いま北詰に魚河岸衆がおる！　あの連中に頼めば……や〜い！　魚河岸衆〜、魚河岸衆〜！　盗人がそっちにむかった〜！　もの盗りがいったぞ〜！　そっちで橋を足止めにしてくれ〜！」

と、大声をはなてば、つられて質商も、救世軍の一党も、その聴衆さえもが、いっせいに声をそろえて、さかんに手をふって、

「足止めだ〜！　足止めだ〜！」

するると、橋の北詰では、十人ばかりの魚河岸衆が、ぞろぞろ、がやがや。うちのひとり、ひときわ大柄なのが、南詰のさわぎに気づくや、左團次《さだんじ》演ずる一心太助《いっしんたすけ》よろしく、啖呵《たんか》をきって、やいやい、ぽんぽん、

「おお〜！　そうか〜！　みなども、いまの聞いたな〜！　盗人だとよ〜！　よ〜しきた！　わっちらの河岸で、盗みをはたらくたあ、いい度胸じゃねえか！　やい、盗人！　けっしてのがしやしねえから、覚悟しやがれよ！　おい、みなども、いいな！　横にならんで、足止めにかかるんだ！　よ〜し、それじゃ……お〜とっと！　ご通行の衆、おいそぎのところ、あいすまねえが、ちっとのま、足止めにさせてもらうぜ。どうも盗人がまぎれこんだみてえなんでな。」

しかるに、山高帽の紳士が、ベレー帽の書生が、島田髷《しまだまげ》の女房が、こぞって不平をこぼして、ぶすぶす、ざわざわ、

「なんだね、君、失敬じゃないか！　我輩《わがはい》がもの盗りなんぞに見えるかね！」

「なあ、僕はかまわんのだろ？　なに、だめ？　たれひとり、橋をとおすわけにはゆかな

いって？　おいおい、それじゃ……」

「なんだって〜？　足止め〜？　もう〜、こまるじゃないのさ！　妾《あたし》ゃ、亭主をまたしているンだよ〜！」

かくて、北詰からは魚河岸衆が、南詰からは救世軍がと、日本橋の両詰にて、おおがかりの人体《にんてい》あらためが、おこなわるることと相なった。女子どもをのぞいても、ざっと四十人ばかりの男子が、紀乃川質店の番頭により、じろじろ、顔をにらまれたり、しぶしぶ、荷をひらいて見せたり、たらたら、愚痴をもらしたりで、ひとりまたひとりと、足止めが解かれて、たち去ってゆく。

そんなこんなで、十二、三分もたったころ、くだんの質商、ついと指さし、わっと大声はっして、

「ああッ！　あやつだ！　あやつ！　こげ茶と藍《あい》の鳥打ち帽《ハンチング》！　うん、しかと見おぼえがある！」

が、そこへいつのまにやら、二十《はたち》ばかりの手代が追いついて、びくつきながらも番頭にかく意見して、

「で、でも、番頭さん、着物が、ちょいと……」

それへ番頭、応とうなずいて見せたが、といって、目星をつけた人物から、片時《かたとき》も目を

はなさずに、

「ああ、小太郎《こたろう》か。たしかにおまえのもうすとおり、最前《さつき》の黒マントすがたとは、だいぶんにちがっておるようだが、さりとてな、かような鳥打ち帽をかぶっておるのは、あやつのほかにたれも……おおッ！　ほれ、見なさい！　小太郎や！　あれの風呂敷づつみを！　あの浅黄の風呂敷も、先刻の盗人とおんなしじゃないか！　うん、これでまちがいない！　おお～い、魚河岸衆～！　あれだ～！　あれが賊だ～！」

ぎゃっとさわぎたて、だっと飛びだせば、「伊勢新《いせしん》」の法被を引ッかけた、魚河岸衆の大将も、鳥打ち帽に書生羽織、風呂敷ていの人物を引きとめて、そのゆく手に立ちふさがり、いやにどすをきかせて、

「ちょっと、おまえさん！　なあ、あんたも、いまの聞いたろ？　まあ、そういった仔細なんでね。わるいがその風呂敷づつみの中身を、ちょいとあらためさせてもらうぜ。かまわねえな？」

かはむっつりとおしだまったまま、素直に風呂敷づつみを手わたすと、さっそくに伊勢新の大将、荷をほどいて、中身を引きずりだして、

「なんでえ、なんでえ。皆、古着のきれッぱしじゃねえか。こんなんじゃ、どれも着られねえぜ。」

といって、大将がとりあげたるは、金布《かなきん》やらセルやら莫大小《メリヤス》やら、黒やこげ茶の地味な着古しッきり。しかも、いずれも芯地がぬかれ、縫いもほどかれ、着物のていをなさぬ、切れ布ばかり。

そこへやっとさ追いつきたる、紀乃川質店の番頭さん、せっかくここまで追いつめて、ようよう犯人の目星《めぼし》をつけて、そのあげくの泣き寝入りはごめんとばかりに、ひどく執心を見せ、くだんの男に手をかけ、手荒にふりむかせてみれば——

「いやいや！　きっと、どこかにかくしもっておるはず！　全身をあらためれば……こら、おまえ……ああッ！　こいつ、まだ小僧じゃないか！　いったいぜんたい、どうなってるンだ、これは？　たまたま、おんなしような鳥打ち帽をかぶって、似たいろの風呂敷をもっていたなんぞ……いや、さっぱり判らねえ。」

屈強な魚河岸衆ににらまれ、声もだせずにいる鳥打ち帽の少年と、わけが判らず思案にくれる質商と、その輪のなかに、救世軍の間直瀬小隊長が顔をだし、

「紀乃川さん、そもそも、なにを盗られたというのだね？　それは身にかくしてもてるほど、ちいさなものなのかい？」

質商はすくわれたように、はっと顔をあげると、

「ああ……すこぶる豪勢な雛《ひな》人形ですよ。それも年代ものの凝《こ》った細工のね。丈《たけ》が、そ

う、五寸（約一五糎《センチ》）ばかりのお内裏《だいり》さまで。盗られたのはそれ一ツきりだが、お内裏さまがいなくっちゃ、てんで売り物にならねえでしょう？　だから盗まれたのはたった一ツでも、ごっそりもっていかれたのとおんなしこって……しかし、いったい、なんで、こんな小僧が……？」

その合間に伊勢新の大将が、はや少年の身体《からだ》をまさぐって、

「ご覧のとおりだ、紀乃川さんよ。この小僧はお内裏さまなんぞ、身につけちゃいねえ。もうゆかしてやんな。」

が、質屋の番頭は、同じかねるといったふうに、いらいらと首をふって、

「し、しかしだね、伊勢新さん。わしが犯人を追いかけてからこっち、一寸《ちよつと》も目をはなしちゃいないのだよ。橋のうえまで追いつめたのは確実《たしか》だ。だから、かならずこのなかにおるはずだし、なんといっても、その鳥打ち帽と風呂敷づつみは……」

すると、少年の身を案じたものか、救世軍の間直瀬小隊長、かく疑義を呈して、

「はたして、そうですかな、紀乃川さん？　あなた、橋のたもとで息をきらして、一瞬のことではあるが、盗人を見失ったのではないですか？」

しかし、質商だってまけちゃいない。さすがに日本橋で店をまかされているのも伊達《だて》じゃない。救世軍の小隊長がふるう能弁に、まッこうから立ちむかって、かえす刀で切りか

えし、

「そいつはそうだが、そのときにはもう、あんたが足止めにしろと、魚河岸衆に声をかけてくれていたじゃないか？　それからどこへ逃げる隙《ひま》があったというンです？　まさか川に飛びこんだとでも？　冗談じゃない！」

「では、なにゆえ、かの顔をご覧になって、おどろかれたのです？」

と、間直瀬小隊長がたたみかけると、にわかに質商も顔をくもらせ、ことばじりをにごして、もごもご、

「ああ、それは……」

すると、若い手代のほうが、それにこたえて、おじおじ、

「ぬ、ぬ、盗人は、こ、濃いくち髭をはやかした、いろのくろい、し、し、四十がらみの男でありました！」

「こ、小太郎！　余計なことを！」

それを聞いた魚問屋の大将、ふいと声をあららげ、顎《あご》をしゃくって、

「じゃあ、まるきり、ちがうじゃねえか！　よおよお！　そういうことは、最初《ハナ》ッからいっとくもんだぜ！　ええ〜、見な！　どうふんだって、こいつはまだ十四、五といったところだ！　ああ、ぼうず、すまなかったな。あらぬうたがいをかけちまって。もうしわけ

ねえ。これで堪忍《かんにん》してくンな。もういってかまわねえよ。」

と、質商にかわり、魚河岸衆が足止めを解き、そろって頭《ず》をさげ――それでもまだ紀乃川の番頭は、足ばやに去りゆく少年の背を、未練たらしく、じっとにらみつけ、

「しかし、あの鳥打ち帽といい、風呂敷づつみといい、ほかにそれらしいのは、どこにも……」

「それじゃ、あいつはどうだい？　年は四十くらいで、しかも、黒マントを羽織ってるぜ。もっとも、中折れ帽に革の鞄だけどよ。」

「いや、いますこし背が低かった。それに顔の輪郭《かたち》も、もっと角ばって……」

その後もうたがわしき四、五名の、人体《にんてい》をしらべたり、荷をあらためたりしたが、けっく骨折りにしまった。

それで、とうとう伊勢新の大将もあきらめ、不興げに捨て台詞《ぜりふ》を吐いて、

「ちぇッ！　ひと助けとおもって、橋の足止めまでしてお節介を焼いたがよ、けっく、ひでえ恥をかいちまった。なあ、紀乃川さんよ、しっかりしてくれよ。老けこむには、まだはやいンじゃねえかい。じゃあ、わっちらも、これでゆかしてもらうぜ。」

「すまなかったね。すくないけれど、これで腹の虫をこらえてくれないか。」

と、質商からいくらかせしめると、大将、急に機嫌をなおし、気勢をあげて、

「まあ、そういうことなら……さあ、みなども、紀乃川さんのおごりだ！　茶漬屋で一杯とゆくぜ！」

それをしり目に、紀乃川質店の番頭は、

「いったい、どこへ消えちまったンだ、あのこそ泥は？　こんなばかな話、見たことも聞いたこともない。いや、判らねえ、判らねえ……」

かくひとりごち、しきりに首をふっていたよし。

答問雑考《とうもんざつこう》

「儂はその場で、すぐにもからくりを見ぬいたが、さて、おぬしはどうかの？　阿閉君、君なら、その後いかがした？」

ときはうつりて、昭和も八年（一九三三）。春も浅し、二月の朔日《ついたち》、中和《ちゅうわ》の節。

ところも変わりて、牛込《うしごめ》区は早稲田鶴巻《わせだつるまき》町の安下宿「玄虚館《げんきょ》」。その離れの数寄屋《すきや》の縁側。

かたや、かつての救世軍の小隊長、玄翁先生。

ざんばらの総髪に、まッ赤な毛編みの帽子を、ちょこんとかぶりて、刺し子の褞袍《どてら》に、身をすっぽりとおさめて、ずるずると湯呑《の》みをすすりながら、いかにも底意地のわるそうな、どこか客を小ばかにしたような、にたにたと嫌らしい笑い顔。三十ト六年のときが、人相に苦味《くみ》と威厳をあたえ、骨柄《せいかく》に皮肉と吝嗇《りんしょく》をおわせ、かく複雑な老爺《ろうや》ができあがったという経緯《しだい》。

「う〜ん、これは非常な難題ですナ。犯人らしいのは、いくにんかいたけれど、年もちがえば、服装《みなり》も微妙にちがう。しかも、いずれの荷や身からも、ついぞ人形は発見されなかったか。といって、まさか、せっかく盗ったものを、橋より川へ投げ捨てたともおもえぬし……」

かたや、玄虚館の店子で、名を阿閉万《よろず》。

これもマルクスボーイ気どりの長髪で、年じゅう着たきりの黒サージに、かぶりっぱなしの角帽なり、ちまちまとした目鼻だちを、いっそつづませて、なんとも六《む》つかしそうな、へんにつくったような、いらいらと辛気《しんき》くさい苦り顔。もとより、おん年《とし》二十七の山だしの若造だから、品とも貫禄とも縁ないけれど、東に怪事と聞けば馳《は》せさんじ、西に変事と耳にせば駆けつけて、そんな腰のかろさと早足が、かの取り柄《とえ》。もっとも、「ちょろ万」のあだ名のとおり、なんにつけても性急《せっかち》にすぎ、すぐに答えがしれぬとやけをおこすのが、大の泣き所。

さて、店子の疑念にたいし、玄翁先生、きっぱりと断じて、いわく、

「よもや、それはあるまい。じっさい、当時、儂らもそうかんがえ、川面《かわも》をのぞいて見たものさ。だが、そもそもな、したをながるる日本橋川は、さしてはやい流れではない。人形にしろ、マントにしろ、川へ捨ておれば、きっと儂らの目にとまったはず。どうだ、ちがうかの？」

で、しばし思案のすえ、ちょろ万、はたと膝をうって、もうさく、

「あッ！　そうか！　ご隠居、たしか当時は、鉄道馬車がはしっていたとかおっしゃいましたナ？　電車ならともかく、馬車なれば、もしや……？」

が、大家は先手をうって、ぴしゃり、

「飛び乗ったとでももうすか？　ばかをぬかせ！　さように軽業《かるわざ》めいたこと、おぬしにできるのか、え？」

店子は得意げにうなずいて、にんまり、

「まァ、いざとなれば、我輩なら……」

「うつけ！　よいか、阿閉君、いまもそうだが、日本橋は車道と人道とにわかれてあり、車道のほうは人道にひすれば、かなりに見とおしがきく。してみれば、馬車に飛び乗るがごときはげしいうごきを、儂らが見のがすはずがなかろう。」

「そりゃ、まァ、そうかもしれませんがネ。そうといって、ほかに……」

とて、ちょろ万、いっかな筋が見えず、ぶつくさ。

「やはりな。おぬしのごときすこ甘には、むりかも判らぬて。あははは。」

玄翁先生、万事こころえ顔で、にやにや。

それに阿閉君、むっとして、さきをせっつき、

「すると、じゃあ、ご隠居は、この事件を一から十まで見こしておって、盗人もとっつかまえたともうすので？　ええ～？　どうも信用なりませんナ。」

「さすがの儂も十とはいわぬよ。それでも、まあ、九割がたは見当がついたがの。」

ちょろ万、まけん気にも、師とはりあって、

「へえ～。ご隠居に解けるなら、我輩にだって絵解きがかなう道理《わけ》か。しかし、そもそもの謎は、お内裏さまの所在《ありか》だが……ふ～む。我輩なら、いったい、どこにどうやって隠そうかしら……？」

しかるに、芋ッ書生、れいのごとく、腕組みをし、天井のふし目を勘定して、沈思《ちんし》におよぶこと、ほんの二、三分。ふいとひらきがついて、やいやい、

「ああッ！　帽子！　帽子のなかか！　うん、これは盲点でしょう？　そうですナ、ご隠居？」

玄翁先生、店子の鼻元思案《はなもとじあん》に、お茶を喉《のど》につまらせ、ぜいぜい、

「おほ、おほ、おほ。い、いや、やはり、おぬしはぬけ作だの。帽子なんぞ、いのいちばんに、とらせたわ。まったくの凡慮じゃな。わははは。」

せっかくの深慮を、師に笑い飛ばされ、ちょろ万、露骨に顔をしかめて、

「では、お訊《き》きしますがネ。そののち、お内裏さまはとりもどせたので？　最初から捨てられていなかったので？」

それにご隠居、鼻で嗤《わら》って、にっかり、

「ふん、むろんさ。儂が犯人からとりあげて、質商に手ずから返してやったわ。」

店子はうんざり顔で、舌うちして、ぼそり、

「ちえッ。やっぱり年寄の手柄話だったか。」

「ほう？　いま、なにかもうしたか？　よく聞こえなんだが？　のう、阿閉君？」

「いや、なんでもありませんって。しかしナ、そうであれば……」

で、またしても、阿閉君、目をつむり、顔をうつむかせて、長考にはいること、わずか五、六分。なんとか目鼻がついたものか、にんまり、ほくそ笑んで、

「ふッふッふッ！　そうか、その手がありましたか！　ねえ、ご隠居？」

「へんに勿体《もったい》をつけるでない。所詮《しょせん》、おぬしの浅知恵では……」

「へえ？　なにも聞かずに、そうといえますか？」

「これ、はやくもうせというに。」

たじれたご隠居にうながされ、ちょろ万、やけにもってまわった謂《い》いで、

「つまるところ、雛人形は、お内裏さまは、荷をあらためられなかった人物がもっていた。それゆえに、いっかな見つからなかった。理屈のうえからすると、それしかありえぬと存じますが、ご隠居、いかがです？　ちがいますか？」

玄翁先生もそれには、しかとうなずいて、

「ほう。気づかれたか。さようじゃ。そこまではよろしい。」

「して、橋におったなかで、身をしらべられなかった人種といえば……」

阿閉君、そこで勿体をつけ、ご隠居のようすを、ちらちら、うかがいながら、

「女房連中や芸妓衆、小さ子《ちいこ》、そう、女子どもに……」

そのあとを大家が引きとって、否々と首をふり、

「いや、断じてそれはない。女連中は捨ておけ。盗人を引っ捕えた、この儂が請《う》けあう。」

店子はちいさくうなずくと、なおもつづけて、

「すると、のこるは魚河岸の連中、救世軍の一党……それと、人形を盗まれた当人で、質屋の番頭に手代、そのいずれかですナ？」

しかるに、玄翁先生、どうした事情《わけ》か、顔をうつむかせたまま、わなわなと肩をふるわせ、むにゃむにゃとくちごもって、

「で、では、おぬし、そのうちのいずれを指す？　た、たれともうすのじゃ？」

ところが、店子は絵解きに夢中で、大家の異状なんぞ、まるで気にとめずに、鼻高の天《てん》狗《ぐ》顔で、べらべらと、

「まァ、あえてあげるとすれば、魚問屋の大将か、質屋の手代ですナ。そもそも、折りよく北詰で魚河岸衆がでむかえるなど、いかにも段どりがあったとしかもうせぬような、おあつらえむきの登場ではないですか。おそらく連中皆がぐるではなかったにしろ、もし大将が抱きこまれていたとしても、まずたれもうたがってかからない。なんといって、橋を足止めにした張本人なのですからネ。で、少年の身をあらためるさいに、人形を手わたされた。どうです、ご隠居、この絵解きは？」

と、弟子より問われたあげくに、ようやっとあげた馬づらも、やはりへんに強《こわ》ばって、ご隠居、わざとらしい苦り顔で、とつとつと、

「では、し、質屋の手代という線は、いかがかの？」

で、ちょろ万、手前のことはさしおいて、ぬけぬけ、

「ええ、やはり手代も盗まれた当事者の身内なのだから、まずうたがわれることはなかっ

たでしょう。当時まだ二十という年の若さも、ある意味、悪事に染まりやすい年ごろといえますしナ。魚問屋の大将を抱きこむより、いっそ質屋の手代のほうが容易かもしれませんゾ。若くもあり、奉公人の苦労もあり、それで一丁《いっちょう》、番頭のやつを凹《へこ》ませてやろうとしたのかも……」

玄翁先生、もはやこらえきれぬとばかりに、破顔一笑、

「むははは！　そのいずれも、的《まと》はずれじゃ。いや〜、残念だったの〜。」

「なんと！　魚問屋の大将でもなく、質屋の手代でもない？　うう〜ん、そうか……それじゃ……」

阿閉君、てっきり短気をおこすとおもわれども、あんがいにあっさり引きさがって、ねばり腰に思案をかさね、ぴしゃっと額を叩《たた》くなり、

「そうか！　なるほど！　もしや、はじめからお内裏さまなぞ、盗まれていなかったのでは？」

ご隠居、いったんは首をふって否としめしたが、店子を見やってしきりとうなずき、

「それもない。だが、おぬしもだいぶ知恵がまわるようなってきたの。ふむ。すこしは見なおしたぞ。」

「どういう意味です、それは？　ちかい線までいったということですか、ご隠居？」

喉から手をださんばかりにして、ちょろ万が膝を乗りだすと、

「まあな。では、そろそろ、種あかしにかかろうかの。さて、儂は鳥打ち帽の小僧が足止めを解かれるやいなや、すぐにその場をはなれ……」

と、玄翁先生、蒼空《そうくう》にちぎれゆく雲を見つめて、また昔語りをつづけるので。

探偵余談《たんていよだん》

かくて、救世軍の間直瀬小隊長、目だつ軍衣の上着を引ッぺがすや、ときに混雑《ひとごみ》にまぎれ、ときに商家の軒《のき》したに隠れ、こっそりとくだんの少年のあとをつけて、河岸ぞいを荒《あら》布《め》橋、思案《しあん》橋とわたりて、彼岸《ひがん》に株式取引所、此岸《しがん》に米穀取引所とあおぎつつ、蠣殻《かきがら》町へとはいってゆく。鳥打ち帽の少年も、鎧《よろい》橋あたりまでは、二度、三度と、背後を気にするそぶりを見せたが、以後はすっかり気をゆるし、脇目《わきめ》もふらずに、すたすたと小ばしりで、まよわず水天宮《すいてんぐう》の御門をくぐると、社殿の裏手へまわって、ことさら周囲をはばかるような、ひそひそとかぼそい声で、

「お父っつぁん、お父っつぁん！　どこだい？　おいらだよ！　勘介《かんすけ》だい！」

はたせるかな、物陰からぬうとあらわれいでたるは、鳥打ち帽に黒マント、四十がらみ

の髭づらだったので。それもやはり忍び声で、喋々《ちょうちょう》と口ばやに、

「ああ、勘介か。どうした、えらく遅かったじゃないか。寄り道でもしてきたのか。ずいぶんと案じたぞ。」

「ちがうンだ！　日本橋で足止めを食っちまったンだ！」

「なに！　それでどうした？　気づかれなかったか？」

「うん！　荷をしらべられたり、身体をあらためられたりしたけれど、お父っつぁんにいわれたとおり、うまくごまかしたよ！」

と、少年はまだあどけない紅顔を、にっこりと微笑ませたが、親父のほうは、そわそわと落ちつかぬようすで、まるでそっけなく、

「そうか、よくやった……では、ゆこう。」

そこへ、救世軍小隊長あらため間直瀬探偵、途中の露店で購《あがな》った、安手のステッキを手に飛びいだし、長身からふたりを睨《ね》めつけて、

「ふん！　にらんだとおり、親子の二人一役だったか。ああ、やめろ、やめろ。むりをするな。こう見えても、儂は関口流《いあい》の免許皆伝でな。自慢にはならぬが、ひとをあやめたこともある。おぬしらがごとき素人《しろうと》、たとえふたりがかりでも、儂のあいてにならぬわ。やめておけ。ほれ！」

と、ひゅっと杖《つえ》をふるって見せれば、手筋《てすじ》の見えぬあまりのはやさと、親父の鳥打ち帽をはじきとばしたおそるべき手練《てだれ》に、黒マントもがっくりうなだれて、

「ううむ。くそッ！　こいつは……い、いたし方ない。相判りました。か、観念いたします。ですが、なにとぞ、こ、勘介《こいつ》ばかりは……」

「お、お父っつぁん！」

「案ずるな、ぼうず。儂に親父さんを官憲《かんけん》につきだす腹はない。ただ盗んだものをかえせばよいのだ。罪は水にながそう。」

しかるに、親父は懐中《かいちゅう》からなにやらとりだすと、探偵へ懐紙《かいし》にくるんだ品を手わたし、深々と頭をさげ、

「勘介のみならず、わたくしまでも……お、お目こぼし、たいへんに、ありがたく存じます。」

小隊長、つつみをひらいて、中身をあらためると、

「ふむ。たしかに、お内裏さまだ。しかとうけとった。」

すると、親父はおずおずとすすみでて、間直瀬探偵の馬づらをあおぎ見つつ、

「あの……あなたさまは、なにゆえ、勘介に目をつけられたのでございますか？　こいつ、なにかしくじりをやらかしましたので？」

探偵は得意のつらで、首を横にふり、

「いや、しくじりというほどではない。だが、その暇《ひま》がなかったのか判らぬが、ひとつには、ぼうず、鳥打ち帽の始末を忘れたな？　それといまひとつ……風呂敷づつみの中身がある。」

「しかし、あの切れ布の状態《ありさま》から……？」

と、黒マントの畏《おそ》れにみちた眼《まな》ざしをうけ、間直瀬小隊長、かをしっかと見かえし、舌《ぜっ》鋒《ぽう》するどく、ずばり、

「おぬし、むかし衣裳掛《がかり》をやっておったな？　それも歌舞伎《かぶき》だな？」

「ど、どうして、それを？」

盗人の動揺とは裏はらに、探偵はふいと見栄《みえ》をきって、

「これでも儂は大の芝居ずきでな。ふむ。『恥ずかしながら、その御殿に馴《な》れ初《そ》めたはナ、遠い事でもございませぬ。こぞの春、弥生《やよい》なかば、清水《きよみず》の花見に行たと思わしゃんせ。』どうだ、判るな？」

黒マントはすっかり観念し、その場にへなへなとくずおれて、

「な、な、『鳴神《なるかみ》』！　恐れ入りました！　そこまで見とおされていたとは！　もはや、ぐうの音もありません！」

「お父っつぁん、いったい、どうしたのだい？『鳴神』って……？」

と、気づかう息子の手をはらい、親父はけわしい顔で、

「おまえはくちをきくな！　だまっておれ！」

親父にかわって、間直瀬小隊長が、やさしく理あいを説き、

「よいか、ぼうず。お父っつぁんはな、おまえにそうしろとしらせずに、歌舞伎のケレンをやらせたのさ。まあ、一言にケレンといっても、かぶせ、袖落し、くるみ、背割れ、むしり取りに、ぶっ返りと、いろいろあるそうだが、こたびのばあいは、丈長《たけなが》なマントのことゆえ、『鳴神』のぶっ返りではなく、おそらく引抜きをやったのだろう？　どうだ、相違あるまい？　ふむ、やはりそうか。しかし、しつけ糸はどう始末した？」

「それは……」

親父がくちごもったのにたいし、息子のほうはあっさりと種を割って、

「ああ、あの糸なら川に捨てたよ。」

それに探偵は顔をしかめて、不審をあらわしたが、率然、どら声をあげるや、

「いや、儂も川面をのぞいたが、さような糸なぞ……おお、そうか！　さては、おぬし、マントにあわせて黒糸をもちいたな？　しからば……」

黒マントは頬《ほほ》をゆるめ、微苦笑《にが》いをして見せて、いくどもうなずきながら、

「へえ。あすこらへんの澱《よど》んだ流れなら、きっと判るまいとぞんじ、黒糸をつかいましたものでございます。」

ようよう得心《とくしん》がいって、探偵もうなずきかえしたが、そこで、いっそきびしく親子をにらみつけ、

「なるほどの。して、なにゆえにお雛さま、しかも、お内裏さまのみ盗んだ？　それを聞かしていただこうか？」

親父はじっと足許を見おろし、とぎれとぎれに、ぼそぼそと、

「それは……こ、ことし、いつつになる娘がありまして……それが、どうしてもお雛さまがほしいといってきかぬゆえ……やむなく……」

「家《うち》は貧乏なんだ！　雛人形を買える金なんか、どこにもありゃ……」

「勘介、いいかげんにしろ！　おまえはもういい！　家へ帰ってなさい！」

かくなる親父の怒声に、息子はあとずさりし、むくれたような、凹《へこ》んだような、なんともいわれぬ表情《いろ》を見せると、間直瀬探偵、おだやかなる笑みと声もて、やんわり、

「案ずるな、ぼうず。お父っつぁんは、ちゃんと帰してやる。それ、ゆきなさい。」

それでも、勘介少年は父親の身を気づかい、あとをふりかえりふりかえりして、やがてそのすがたも見えなくなると、小隊長はさきの閻魔《えんま》顔にかえり、黒マントにむかいて、容

赦なく叱って、ぎしぎし、

「おぬし、よい息子をもったな。うらやましいかぎりだ。だがな……それを悪事にまきこむようなことをしおってからに！　この、ばかもんが！　たわけが！　親が悪事をそそのかすとは、なんたる短慮《たんりょ》か！　親たる自覚をもたぬか、この阿呆《あほう》が！　よいか、よく聞けよ！　いかに雛人形を買ってやれぬほど貧しかろうと、それなりの方途《ほうと》なぞいくらもある。親たるおぬしが手ずからつくればよいのだ。それくらいの労を惜しむでない。たとえ出来は劣るとも、人形の数がたらぬとも、親おもいの息子をまきこみ、窃盗《ぬすみ》の片棒《かたぼう》をかつがせるよりは、よほどましではないか。娘とてそんな親のおもいが判らぬはずがない。」

ふいと親父は土下座《どげざ》をし、手をつき額をこすりて、ひらにひらにと、

「いや、まことに、ごもっとも。なんとも、めんもくもございません。以後は、こころをあらためまして……」

が、まだ小隊長の怒りはおさまらず、さらに痛棒《つうぼう》を食らわせて、つけつけ、

「ほんらいなら、おぬしが詫《わ》びるべきあいては儂ではないぞ。値のはる人形を盗まれ、皆のまえで恥をかかされた、あの質屋の番頭であり、また悪事の片棒をかつがされた、そのほうの息子である。よいな？　けしてそれをわするるでないぞ。ふむ。よろしい。では……わずかだが、これをもってゆけ。人形づくりのたしにするがよい。」

と、財布ごと投じると、親父は顔をあげ、目をうるませ、へどもど、

「こ、これは……おん名も存ぜぬお方から……か、かような施しを……」

「遠慮は要らぬ。子は宝だ。大事にしろ。」

「は、はい。では、ありがたく頂戴《ちょうだい》いたします。このご恩は一生涯わすれませぬ。あの、最後に芳名をうかがっても……？」

「儂か？　儂は玄蕃だ。姓は間直瀬ともうす。いまはゆえあって、救世軍の築地《つきじ》小隊長としてはたらいておる。さあ、ほら、いつまで土下座をしとる。これ、たたぬか。」

そういって、間直瀬探偵が手をさし伸べると、ようよう親父も立ちあがり、また深々と三拝九拝して、

「きゅ、救世軍の小隊長殿？　さようでしたか。わたくしめは結城静郎《ゆうきしずお》ともうします。このたびはお目こぼしをいただいたうえに、かような余禄《よろく》までも頂戴し……さぞかし娘も……」

小隊長はいやに照れて、ひらひらと手をふり、

「よいよい。それより雛祭りまでもうわずかだ。はよう人形づくりにかかって、せいぜい娘を喜ばせてやれ。よいな？」

「ありがとうございます。きっとこのご恩は……」

「そら、ゆけ。ぼうずもまっておるぞ。」

「は、はい。では、これにて。」

盗人は膝に手をやり腰を折り、丁寧《ていねい》にお辞儀をかえして、社殿をあとに——そこで、ふいと間直瀬探偵、なにごとかに気づき、かを呼びとめて、やいやい、

「おぬし、ちとまて！　またれい！」

それに黒マントは、ぎょっとしたようなつらつきで、舌もつれに、おろおろ、

「ま、ま、まだなにか？」

「おぬし、ひとつ訊く。なにゆえ、お内裏さまのみ盗んだ？　娘にくれてやるつもりなら、お内裏さまよりお雛さまを盗るのが尋常《ふつう》ではないか？」

結城静郎なるご仁は、いかにも無念そうに、ぐずぐずとその事情《いりわけ》をあかして、

「い、いえ、その……当初はお雛さまとお内裏さまの一対を頂戴しようとしたンでございますが……箱書をあらためたいともうしつけて、手代のほうの気をそらし……ちょうどお内裏さまをつかんだところ……急に番頭のやつがふりむきましたもので……それで、ついつい、あわててしまい……いたし方なく、お雛さまのほうはあきらめて……ほうほうのていで、お内裏さまのみもちいだし、逃げだしたという始末……」

それで腑《ふ》に落ちたものか、間直瀬小隊長、恬《てん》としてさらり、

「なるほどな。そうであったか。いや、引きとめてわるかった。」

「そ、それでは、失礼いたします。」

かくて、にわか探偵は、盗品をとりもどし、盗人にも情けをかけ、よい手柄話ができたなぞと、意気も揚々とお社《やしろ》をあとにしたよし。


はてさて、それを聞かされた、ちょろ万、なんともふくれッつらで、また舌うちなどして、ぬけぬけ、

「それで、お内裏さまを質屋にかえし、礼金などもたっぷり頂戴して、めでたし重畳《ちょうじょう》といったところですか？　ちぇッ！　けっく藪《やぶ》医者の手柄話を、えんえん聞かされたにすぎぬのか……ふん！」

玄翁先生、店子のものいいに、おもわずかっときて、ぷりぷり、

「なに〜！　こら、おぬし！　いま、たしかに藪ともうしたな？　なれば、儂があかした筋書きを、そっくり絵解きしてみせい！」

で、阿閉君、なんでもないとばかりに、平気の平左《へいざ》で、いけしゃあしゃあと、

「まァ、ようするに、こういう仕かけだったのでしょう？　最初に……」

まず、親父の黒マントが人形を盗んで店をでる。つぎに、すぐさま親父は脇の横丁へと

はいって、身を隠す。と同時に、おんなし格好《なり》をした息子が表通りを駆けはじめる。すると、つづいて大道へでた番頭は、てっきりさきをゆく人物を犯人とおもいこみ、あとを追いかける。ところが、それは身代わりゆえ、いかにしらべられたとて、盗品は見つからぬ。さりとて、そのままの格好《なり》では、あんまりにうたがわしく、万が一にも交番所へ引ッたてられぬともかぎるまい。そこで黒マントのしつけ糸をぬき、衣裳の早替わりをなして、さらに嫌疑をのがれんとした。

「つまりは、二人一役のトリックにくわえ、歌舞伎の早替わりによって、橋より消えてみせた——そういうからくりですナ。」

みごと弟子になぞを解かれ、ご隠居、悔しまぎれに、ぶすぶすと、

「ふん。ちいとばかし、おしゃべりがすぎたか。さりとて、まあ、あれだけ手がかりをくれてやれば、上州《じょうしゅう》の山猿とてもひらきもつくわ。のう、阿閉君や?」

ちょろ万、ここいちばんの大勝負に勝った博徒《ばくと》のごとく、大家の皮肉も悠然と聞きながし、去りぎわに後足で砂をかけ、ずばずばと、

「じょ、上州の山猿~? はァ~? ご隠居もずいぶんとお年を召されましたナ? そんなつまらぬ当て擦《こす》りしかもうされぬとは? ふう~、やれやれ。さてと、もはや幕切れ、大団円。そろそろ、お暇《いとま》もうしますかナ? ああ、ご隠居、ごちそうさまでした。きょ

うはたいへんにめずらしき、あの犬も食わぬという『自慢の糞』をたっぷりと頂戴しましたゾ。では、また、後日《ごにち》に……」

「な、なに〜！　自慢の糞だと〜！　これ、まて！　またぬか！　若造めが！　最後までひとのはなしを……ふん！　まあ、よいか。かまわぬわ。これで恥をはなさぬですんだの。ふふふふ。」

と、茶をすすりて、にんまりと笑って見せる、縁側にての玄翁先生だった。


後刻、質屋へとむかう道すがら、ついと足をとめたる間直瀬小隊長、河岸にたたずみ、思案にくれて、はたとおもいたち、懐紙につつまれたるお内裏さまを、仔細にわたりてあらためるに、その首がへんに長くあり、しばし人形をもてあそぶうち、すっぽりとその首がぬけ落ちて、頭《そ》の空洞《がらんどう》に気づきたる首尾《しだい》。してのち、質屋にかの雛人形の来歴を問うに、くだんの番頭、箱書をしらべて、いわく、

「この箱書によれば、もともとは堀留町《ほりどめ》の結城和泉屋《ゆうきいずみ》なる織物問屋の品のようですな。ちなみにもうせば、和泉屋は通旅籠町《とおりはたご》の下村大丸屋《しもむらだいまる》、田所町《たどころ》の小野井筒屋《おのいづつ》とならぶ大店《おおだな》でしてね。けれど、明治十年ごろの、新織物の発明やら市場の変化やらで、時勢に乗りおくれてしまい、つぶれたようでございます。当時は主人の奢侈《しゃし》がすぎたとも、もともと商《あき》

とおもったら、ほんの一ト月でつぶれたのには、なにか委細《いさい》があろうと噂されたものでございます。

へえ、和泉屋のご主人でございますか？　ええ、なんでも首をくくって、自害されたそうですな。は？　債権？　いいえ、べつだん土地や商品のほかは、とくになかったと聞いておりますが、それがなにか？　隠し金？　さあ？　あ、いや、そういえば……店がつぶれるさい、お倉《くら》の金が消えたとか消えぬとか、和泉屋の手代がもうしておったといわれとりましたな。でも、まあ、つぶれた大店には、そうした噂《うわさ》がつきぬもので、たれも本気にしたものはありませなんだが。しかし、救世軍の旦那、なぜにさようなことをお訊きなさるので？　なんですと？　和泉屋の跡継ぎと？　ええ、たしか長男がひとりありましたか。いや、さすがのわしも名までは存じません。ただ、母子はその後、ゆくえをくらましたそうで。いっこうに消息は聞きません。さて、いまごろ、どこでどうしているやら……

ああ、それより、この度《たび》はたいへんにたすかりました。じつをもうせば、雛人形《あれ》も買い手がつきかけていたところで。これは些少《さしょう》ですが、店からお礼として、どうかおうけとりくださいませ。はい、どうぞどうぞ。ご遠慮なさらずに。もし救世軍のほうでも、なにかわたくしどもで、できることがありましたら、その折りには遠慮なくおもうしつけくださいまし。できうるかぎり、お力添えさせていただきます。それでは、きょうはこれにて失礼もうします。」

右なる伝によりて、間直瀬探偵、たかだか娘の雛祭りのために、あれほどの大仕かけをたくらんだ、黒マントの魂胆《こんたん》をさっして、文字どおり、盗人に追銭《おいぜに》まで手わたした、おのが暗愚《あんぐ》を悔やむことしきり。しかるに、小隊長の按《あん》ずるところ、結城家の嗣子《しし》静郎は、田舎芝居で探偵をだましおおせたうえ、旧《むかし》につぶれた実家の隠し金の、その所在《ありか》をしるしたる紙片なりを、お内裏さまの首の空洞《うつろ》から、入手するに成功したという筋書《しだい》。

かくて、盗人は真にもとめた品を、まんまとせしめていたよし。

其ノ五【新宿】　子ヲ喰《ク》ラフ脱衣婆《ダツエバ》

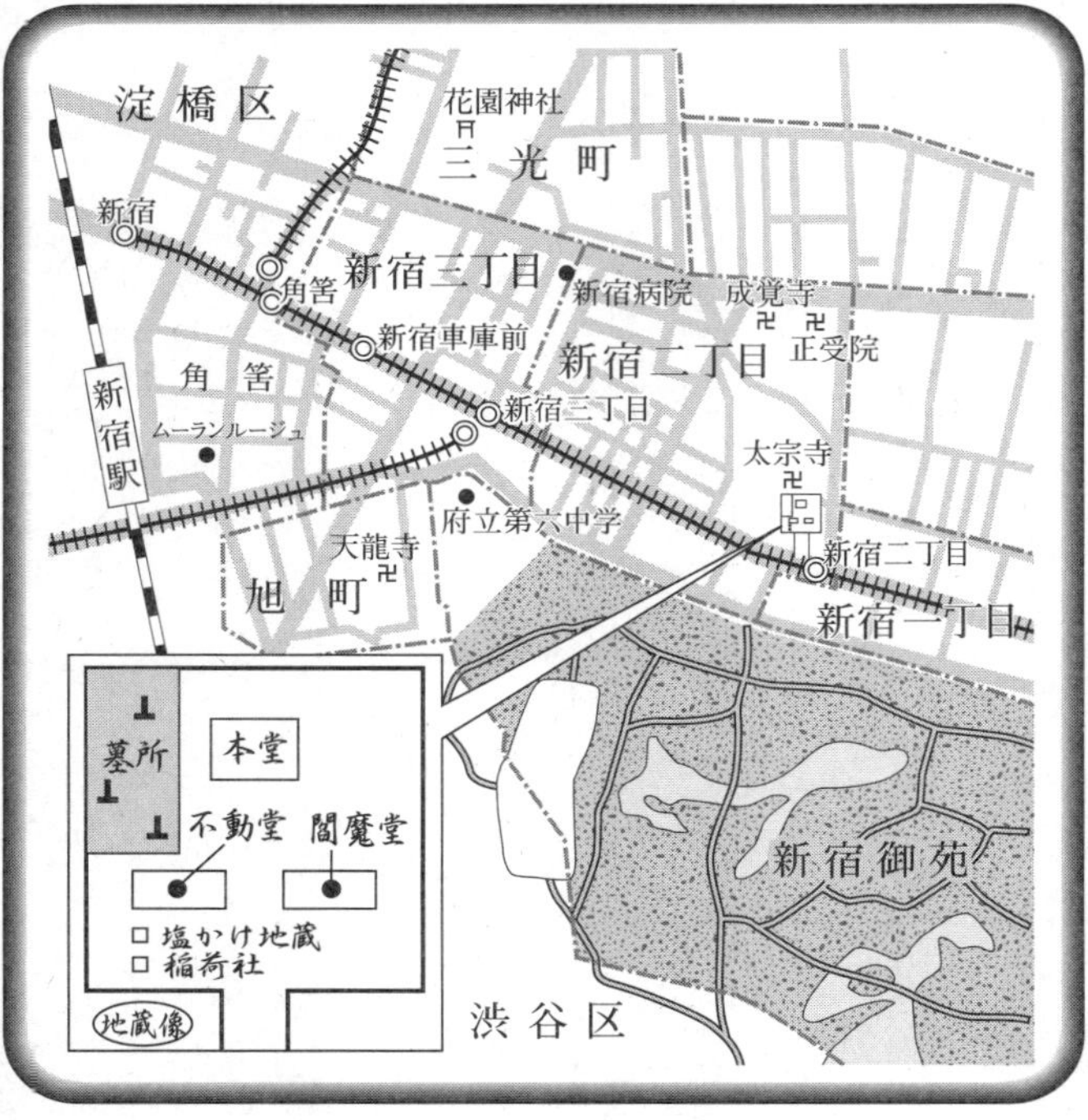
淀橋区
花園神社
三光町
新宿
新宿三丁目
角筈
新宿病院
成覚寺
正受院
新宿車庫前
新宿二丁目
角筈
新宿駅
新宿三丁目
ムーランルージュ
太宗寺
府立第六中学
天龍寺
新宿二丁目
旭町
新宿一丁目
本堂
墓所
不動堂
閻魔堂
新宿御苑
塩かけ地蔵
稲荷社
地蔵像
渋谷区

神《かみ》隠《かく》し

「ひい、ふう、みい、よお、いつ、むう……」

からと空は晴れわたり、ぽかと日もあたたかで。

そよと和風《はるかぜ》吹いて、ひらと花片《さくら》も舞って。

孫《こ》は隠れんぼで、祖母《ばば》はうたた寝で。

いや、なんとも、のどかな昼さがりで。

ここは旧の内藤新宿《ないとうしんじゅく》、いまの四谷《よつや》区新宿二丁目、霞関山太宗寺《かせきざんたいそうじ》――

浄土宗は芝増上寺《しばぞうじょう》の末で、内藤家寄進の拝領地、およそ七千四百坪の巨刹《きょさつ》で、なんでも慶長《けいちょう》のむかし、太宗なる僧の住まった庵《いおり》が、その起立とか。


ここの名物は参道をはいってすぐ左手、像高約八尺八寸（二六七糎《センチ》）、あぐらをかいて蓮台《れんざ》に座る、おっきな地蔵像であろう。東海道《とうかいどう》の品川寺《ほんせん》につづく、江戸六地蔵の二番手で、正徳《しょうとく》二年（一七一二）、深川《ふかがわ》の地蔵坊正元《しょうげん》なる人物が、甲州《こうしゅう》街道の安全を祈願して、当地に建立《こんりゅう》したものといい、かの文豪、夏目漱石《なつめそうせき》も幼少のみぎり、大地蔵《これ》にのぼって遊んだともいう。

さて、地蔵に見おろさるるようにて、一歩境内《けいだい》へと踏み入らば、右に閻魔《えんま》堂、左に不動《ふどう》堂と、仲よく対《つい》をなして、さらには、その奥に本堂ものぞまるるが、いずれもさきの震災にて、焼け焦《こ》げたり、くずれかかったりと、ひどく傷《いた》んでしまったそうだが、それも昭和八年《ことし》、ようよう再建なったとか。

それを寿《ことほ》ぐかのように、松は青葉をしげらせ、桜花《さくら》もちょうど盛りで。雀《すずめ》がすだきてチュンと鳴けば、子猫はこっくり微睡《まどろ》んで。

平日なればいっそ人影もまばらだが、いま本堂脇の大銀杏《いちょう》のまえにては、あかき銘仙《めいせん》の袷《あわせ》を着こみ、向日葵《ひまわり》の帯をしめた、お下げ髪の女の子がひとり、しっかと目をつむり、ことさら声高《こわだか》に、されども、いくらか舌たらずの調子《くちぶり》で、

「やあ、この、とお……」

と、数を勘定《かんじょう》しているところ。

この子、太宗寺ちかくの「はまや」――駄菓子《だがし》に玩具《おもちゃ》、文具に絵本に雑誌と、ようするに、子どもあいての小商《こあきな》い――んとこの長女で、ことし、かぞえで五才《いっつ》になる、ひと呼んで、「はまやの聡《さと》ちゃん」こと小浜聡子《おはまさとこ》。

くりっとした眼《まなこ》で、じっとひとを見つめる癖があり、子ぎらいのおとなでさえも、おもわず頭を撫《な》でやりたくなるような、ついつい声をかけたくなるような、近所でも評判の

可愛らしい童女なのだが、これが、あんがい性根《しょうね》がわるくって、野良猫に小石をぶっつけたり、お社《やしろ》に落書《らくが》きするなぞは、ほんの序の口。商品《うりもの》の菓子に手をつけては、兄の仕《し》業《わざ》といつわったり、墓所の献花《おはな》を盗《と》ってきては、いたずらに引きむしったり、祖母の隙をうかがっては、財布から小銭をちょろまかしたりと、そこらの悪太郎《あくたろう》顔まけの、ひどいおてんばなので。

まァ、もっとも、あの無垢《むく》な瞳と、屈託《くったく》のない微笑《えみ》には、いかな閻魔大王さまとて、見逃されようというもの。ましてや、それがわが子ときては……といった経緯《しだい》で、親から叱《しか》られぬのをよいことに、ちかごろでは図にのって、もう、やりたい放題、し放題。ただ、明治うまれの祖母きぬと、ひとつちがいの兄龍夫《たつお》だけには、その魔性も通ぜぬらしく、ことあるごとに、お小言《こごと》を頂戴《ちょうだい》したり、お説教を聞かされたりと、聡ちゃんにとっては、ちいと煙《けむ》たい存在。

「さんじゅさん、さんじゅし、さんじゅご……」

はたせるかな、まだ百をかぞえおわらぬうちから、聡子が背後《うしろ》をふりむかんとした、ちょうどその折りふし、どこからか見張っているかのように、兄貴の声がかかって。

「さとぉ～、さとぉ～！　いいか～！　百をかぞえおえたら、兄《にい》ちゃんがいったとおりに、ちゃんと三回まわるのだぞ～！　もしもずるをしたらば、脱衣婆《おばば》さまにいいつけるからな～！」

それに少女は、ぎょっとしたような顔《いろ》をうかべると、また大銀杏にむかいて、真摯《しんし》に数をかぞえはじめ、

「くじゅうはち、くじゅうくう、ひゃぁく……」

と、百までいったあとも、兄からいわれたとおり、ひらひらと着物の裾《すそ》をひらめかし、くるくると身体《からだ》を右にまわして、

「い～っかい、にぃ～かい、さぁ～んかい……」

で、こんどはまた左へ反対に、

「い～っかい、にぃ～かい、さ……あっ！　龍《た》っちゃん……？」

ぐらぐらとゆれる視界の隅に、あおっぽい着物を着、髪を短く刈りこんだ、なんとなし、兄らしく見える子どもが、さっとお堂のかげに隠れるところをとらえたので。もっとも、きょうの龍夫の装束《よそおい》は、紺《こん》の飛白《かすり》にこげ茶の兵児帯《へこおび》だったが。

「さぁ～んかい、と。」

ほんとうはもう一度、右にまわる手筈《やくそく》だったけれど、聡子はついと大銀杏のもとからはなれると、よたよたとおぼつかなげな足どりで、閻魔堂のほうへとむかってゆき、にんまりと微笑《ほほえ》んで、

「うふふ……あたい、見ちゃったんだから！」

と、なにやら、うれしそうにひとりごち、こっそり閻魔堂の引き戸を引いて、うす暗がりのなかを、しきりと目をしばたたいて、よくよく見れば――

嗚呼《ああ》！　お堂のなかは、いちめん血にも見える、どすぐろき汁が飛び散って、正面の見上げるような、堂々たる閻魔像の左手脇、像高八尺弱（二四〇糎）の脱衣婆《だつえば》のくちからも、くろっぽい兵児帯らしき代物《しろもの》が、あたかも長い舌のごとくに、だらりと垂れていたので。

「ひっ、ひっ、ひっ！」

かくて、少女はひきつけをおこし、その場にそっくり返り、意識《き》をうしなってしまって。

それから五分ほどしてのち、ふいと身をおこした聡子は、背後《あと》さえ見ずに閻魔堂から這《は》いいづると、さながら脱兎《だっと》のごとき逃げ足で、わんわん泣きさけびながら、境内をまっすぐに突っきって、本堂の上がり段にて、うたた寝していた祖母をゆり起こすと、吃逆《しゃっくり》がとまらぬような、舌を切られた罪人《つみびと》のような、なんともことば尻の判然とせぬ口調《ものいい》で、ひっくひっくと、

「はっ、はっ、はっ……龍《は》っひゃんは、は、龍っひゃんは……」

孫がふるえる指もて、閻魔堂をゆび指すと、おきぬ婆さんは、しかめっつらも露骨《あらわ》に、ぶうぶうと、

「まったく、ぎゃあぎゃあと、うるさい子だよ。せっかく、ひとがいい気もちで、寝てたところをさ。で、なんだい？　またお悪戯《いた》でもして、兄ちゃんに叱られたかい？　なんだって？　はっきりいわないと判《わか》らないじゃないか？　ええ？　まさか、こないだみたいに、お祖母《ばあ》ちゃんを担《かつ》ごうって魂胆《はら》じゃないだろうね？　聡子や？」

それでも、孫の真にせまったようすから、尋常ならざる事態がおこったことは、おいおい祖母にもつたわって、おきぬ婆さんは、やおら重い腰をあげると、

「いまゆくからさ。そんなにつよく袖を引っぱるのじゃないよ。そら、お放しってば。もう、袖がちぎれちまうだろ。やれやれ、子どもってのは、手がかかってしようがないよ。まったく、嫁のくせに義母《はは》を乳母《うば》がわりにして、子守《こもり》ばかりさせてさ……はいはい、ゆきますよ。」

と、たらたら、不平《ぐち》をこぼしつつ、孫に袖を引かれて、のろのろ、歩きだせば、

「で、お祖母ちゃんをどこへ、つれてゆこうってんだい？　ええ、なに？　ふん、閻魔堂かい？　まさか、聡子や？　兄ちゃんが脱衣婆《おばば》さまに喰われちまったとかいうのじゃないだろうね？　いいかい、聡子？　こんどこそ、お祖母ちゃんを担いだりしたら、もう容赦《ようしゃ》

しないよ。判ったかい？」

それに、聡ちゃんは、うんうんと、しきりにうなずいて、

「龍《は》っひゃんは、龍っひゃんは……」

「しかし、聡子、おまえ、くちをどうかしたのかい？　まるで舌の根を引っこぬかれたようじゃないか？　まるで閻魔さまに……まさかねえ？　どれどれ、聡子、お祖母ちゃんにくちのなか見せてご覧？　ほら、くちをあ〜んして……ふ〜ん。よく判らないけれど、なんともないようだね。」

で、ふたりして閻魔堂のまえへとやってくると、ふいに少女はその場にしゃがみこみ、首をぶるぶる横にふって、

「は、はかは怖《ほほ》い、怖いはら……ははい……」

「そうかい、そうかい。おまえは、はいられぬというのだね。まあ、いいさ。なにを見たのかしらないけれど、このお祖母ちゃんが見てきてやるよ。聡子はここでまってるんだよ。いいね？」

と、おきぬ婆さんは、えっちらおっちら、さも億劫《おっくう》そうに、お堂の上がり段をのぼりきると、開きっぱなしにされたままの引き戸のくちから、そおっとなかをのぞきこんで、内部の惨状にちらと目をとめるや、いきなり背後をふりかえり、賽銭《さいせん》箱のかげに隠れた孫を

叱りつけて、やいやい、

「なんだい、こりゃ？　聡子や、これはおまえの仕業なのかい？　まったく、ひどいありさまじゃないか？　いったい、なにをぶっかけたのだい？　こりゃあ、ただのお水じゃないだろ？　ええ、聡子？　なんとか、おいいな！」

が、孫は否々と首をふって見せると、左のほうを指して、ごにょごにょ、

「ほ、ほ、脱衣婆《ほはは》ははひ、脱衣婆ははひ……」

「ええ、なんだって？　祖母ちゃんには聞こえないよ。まだなにかあるってのかい？　うん？　脱衣婆さまのほうかい？　そうなんだね？　まったく、とんでもないことを、しでかしてくれたもんだよ。あとでおまえたち兄妹《きようだい》を、きつ〜く叱ってやるからね。覚悟しておくんだよ。ほんとうに、もう……」

そうして祖母は下駄をぬぎ、お堂のなかへと踏み入って、脱衣婆像のまぢかに寄らば

——するっとなにかに足を掬《すく》われ、でんと尻餅《しりもち》ついて、ぎゃあぎゃあ、

「あ痛《い》たた！　こんちくしょう！　腰を打っちまったじゃないか！　いったい、たれがこんなひどい悪戯を……ううん？　こ、これは、兵児帯《さんじやく》じゃないか！　たしか、龍夫もこんなのを……」

で、木像の顔をふりあおぐと、目をおおきく見ひらき、眉をきゅっと吊りあげ、かっと

開いた脱衣婆のくちからは、くだんの兵児帯が垂れており、それを目にしたおきぬ婆さん、ことばにならぬ叫びをあげ、

「ひっ、ひぃぃ～！」

あまりの恐怖のせいか、あるいは、さきにすっ転んだゆえにか、とまれ、裏がえしにされた亀の子のごとく、いたずらに手足をばたつかせ、それでもなんとか、閻魔堂から這いづると、手荒に孫の手を引っつかみ、ころびつまろびつ、境内をあとにすると、裸足《はだし》のまま電車通りへいでて、

「た、た、た、龍夫がぁ～、龍夫がぁ～！　お、脱衣婆さまにぃ～、脱衣婆さまにぃ～、く、喰われちまったぁ～！　た、たれかぁ～！」

と、しわがれ声をはりあげて、ひたすら町内じゅうを、駆けまわるのだった。

やがて、事態がしれわたるにつれ、町内の男衆の大半が、太宗寺に寄りあつまって、夜どおしかけて、閻魔堂や不動堂はもとより、本堂の縁《えん》のしたから、庫裏《くり》の屋根うら、墓石のかげにいたるまで、ここぞとおもわれるところはすべて、いちいち丹念に探しまわったが、けっく、「はまや」の跡取《あとと》り息子、小浜龍夫六才は、ついに見つからずにしまったよし。

ちなみに、事件は翌々日の「帝都日報」にも報じられ、

——山の手銀座、四谷区新宿の猟奇《りょうき》事件——

血みどろの閻魔堂！

子を喰らつた脱衣婆像！

伝説が現実となつた新宿太宗寺の怪

と、都人の耳目をあつめるところとなったのである。

付紐閻魔《つけひもえんま》

「ほいっ、ほいっ、ほいっと！」

と、雨に濡れた飛び石のうえを、一ツおきに足駄《げた》で跳ねる、この小器用《こぎよう》な男、いや、このむこう見ず、「ちょろ万《まん》」こと阿閉万《あとじよろず》で、おん年《とし》二十七にもなる、いささか年のいった書生ではあるが、これでどうして、「新聞集成　明治怪事件録」なる著書もある、一風《いっぷう》変

わった雑誌の記者なので。ご覧のとおりに、身のたけ五尺と少々（一五二糎）、なりはちっこくとも、せいらいの腰の軽さと調子のよさで、すわ怪事と聞けばはせ参じ、いざ変事と耳にせば飛んでいって、他人《ひと》の談話《はなし》だけをたよりに、その場で見ていたような記事をこしらえる、ほらの名手。せいぜい、よくいって、脚色の名人。

もっとも、それくらいでは、箸《はし》にも棒《ぼう》にもかからぬが、この男には大した知恵袋がついていて、それがここ、早稲田鶴巻町《わせだつるまき》の学生下宿「玄虚館《げんきょ》」、そこの裏手の数寄屋《すきや》めかした離《はな》れの庵、そこに住まう下宿の大家で、「早稲田の幽人《ゆうじん》」とも「玄翁《げんのう》先生」とも呼ばるる、白髪白髯《はくはつはくぜん》のご老体。俳号を玄虚、茶号を玄翁と称する通人《つうじん》、趣味人で、しかも数奇《すうき》なる宿運《しゅくうん》を背負わされた人物。

それが縁側探偵、間直瀬玄蕃《まなせげんば》。

しかるに、彼氏、またぞろ、ご隠居の知恵を拝借《はいしゃく》せんと、こうして勇《いさ》んで跳ねてまいったわけだけれども——

「ほいっ、ほいっ……あッ！　き、君は……？」

と、ついとよそ見をした拍子《すき》に、つるっと下駄《あし》をすべらせ、もののみごとに、すってんころりん。で、打ちどころがわるかったのか、息をつまらせたものか、ちょろ万、うんともすんともいわれずに、しばし倒れたままでいると、年のころ、十七、八とおぼしき娘さ

んが、縁側から駆けよってきて、

「だ、だいじょうぶですの、阿閉さん？」

するとと、彼氏、むくりと身をおこすや、へんに強がって、へらへら、

「はっはっはっ！　これッくらい、大したことじゃありませんョ！　平気、平気……あ痛《い》て！　痛ててて～！」

とて、腰を押さえてしゃがみこむと、娘さん、それに手を貸して、はきはき、

「ほら、やっぱり！　あれだけはげしく腰を打たれたのだから、なんともないわけないじゃありませんか！　だいたい雨ふりの日に、そんな高下駄なりで、飛び石を跳ねるだなんて、あぶないまねをなさるから、そういう目にあわれるのです！　まったく、自業自得《じごうじとく》ですわ！　でも……うふふふ。阿閉さんの、あのころびっぷりときたら……ああ～！　おかしかった！」

「はっはっはっ！　じつは我輩《わがはい》も、それをねらって……」

「嘘《うそ》をおっしゃい。あたいにそんな強がりは無用ですことよ。それよりも、すこし横になられたほうが、いいのじゃありません？」

「じゃあ、まァ、おことばにあまえて、そういたしますかナ。よっこいしょと……ところで、あの、君はたしか……？」

「はな、です。臼井《うすい》はな。皆からは、ノンコさんと呼ばれているけれど……阿閉さんには、去年の十月《あき》、銀座《ぎんざ》を案内してもらって以来です。ずいぶんと、ごぶさたもうしておりました。」

ノンコさん、ぺこりと頭《ず》をさげると、ちょろ万も当時をおもいだし、

「銀座？　ああ、たしか、あのときは、さんざん買物につきあわされて……」

「あら、そうでしたかしら？」

そのへんの経緯《いきさつ》は、本編〈其ノ一〉をお読みいただくとして、ノンコさんの風体《ふうてい》を一ト通り叙《じょ》するに――棒縞《ぼうじま》のモダーンな銘仙《めいせん》に、幾何学《きかがく》模様の丸帯、髪は結わずにボッブに刈ってと、半年のあいだにずいぶん洒落《しゃれ》めいて、まァ、たしかに団子鼻《だんごばな》だけは、あい変わらずだが、あかかった頰《ほほ》はいっそしろくなり、しかも、かなりにほっそりとして、もうすっかりモダーンガールてい。とはいっても、もとが箱根《はこね》の山だしだから、さほどのものでもあるまいが、この変わりようには、ちょろ万ならずとも、たれしも気にはなろうというもの。

で、阿閉君、横着《おうちやく》に寝ころんだまま、

「ときに、はなサンは、俺《ここ》でなにをされていたのです？　箱根の旅館のほうは？　それに、ご隠居はどちらで？」

そうして阿閉君、海獣《とど》のごとくに、芸もなく横になっているまにも、ノンコさん、どこからか水枕《みずまくら》を探しだしてきては、彼氏の腰に当てがってやったり、お湯を沸かしては、茶を淹《い》れてきたりと、甲斐甲斐《かいがい》しくたちはたらき、ようよう腰をおろして、いわく、

「玄翁先生がお見えにならないので、あたい、勝手に留守居《るすい》をしていたンです。洋裁《ようさい》のお勉強をしながら。べつにたのまれたわけでもないのだけれど、ちょっと不用心でしょう？　阿閉さんは、そうおもわれない？」

「いや、まァ、そうですかナ……で、旅館のほうのお仕事は？」

それにノンコさん、しゅんと凹《へこ》んで、

「馘首《くび》になりました。あたい、ひどい粗相《そそう》をしてしまって。」

「そうですか。馘首ですか。それはお気の毒でしたナ。」

が、ふいと娘さん、顔をあげると、ひどく真面目な表情《かおつき》で、じゅんじゅんと、

「で、でも……そうしたら、玄翁先生からお手紙を頂戴して。東京《こちら》へでてきなさいと。ちかごろは、めっきり家事が億劫《おっくう》になったので、あたいにそれをたのみたいと。そのかわりに、白圭館《ここ》（玄翁先生の所有になる、玄虚館とはべつのアパートメント）のお家賃はとらないし、弟も学校にやらせてくれるし、あたいにも洋裁学校へ通わせてくれるともうされて。」

それを聞くに、ちょろ万、がばと身をおこし、ノンコさんの顔を、まじまじと見やり、あげく口泡《くちあわ》飛ばして、ぽんぽんと、

「へえ～！　こりゃ、おったまげた！　あのしみったれた爺さんにしては、破格《はかく》の好条件ではないですか！　いやいや、破格どころじゃない！　それは奇跡というべきだ！　う～ん？　それとも、へんな下心《したごころ》でも……？」

はたして、ノンコさん、眦《まなじり》決《けっ》してたちあがり、ひどくむきになって、ぷりぷり、

「あ、阿閉さん！　なにをおっしゃるのです！　玄翁先生にかぎって、けして、そんなこと！　こんど、さようなことをもうされたら、もう、あたい……」

その剣幕《いきおい》に押されて、阿閉君、素直に謝して、

「あ、いや、これは我輩の失言でした。あいすみません。こうしてお詫びもうします。それで……あの、はなサン？」

「なんですの？　まだなにか？」

「ご隠居はいつごろ、こちらへおもどりになるのです？　なにかお聞きおよびでないですか？」

が、娘さん、まだご機嫌ななめで、ぷんぷん、

「しりませんよ、そんなこと。あたいがきたときには、もう先生は他出《たしゅつ》されたあとでし

たもの。」

「そうですか。それじゃ、仕方がない。また出直すほかないか……ああ、水枕《これ》。おかげさまで、だいぶよくなりました。」

で、また阿閉君、泥によごれた黒サージを羽織りて、縁側にいづると、ノンコさん、すこしくさびしげな声で、ぼそぼそ、

「なにかご用でいらしたの？　もし、なんなら……」

「ええ、まァ。ご隠居の興味を引きそうな、怪事件が起こったものでネ。それで、ちょっと……」

「お知恵を借りようと？」

ちょろ万、少女に軽く見とおされ、頭をかいて、にやにや、

「いや、まァ、そんなところです。それにちょうど、これから新宿の太宗寺《げんば》へでかけるところだったので、できれば、そのまえにと……」

「じゃ、あたいがご一緒《いっしょ》しますわ」

「えッ！　はなサンが？　でも、新宿といったって、遊びにゆくわけでないし、ただ、お寺で起こった事件をしらべに……」

かく阿閉君がぐちぐちいっている隙にも、ノンコさん、玄関からもちきたりた、くろい

駒下駄《ぽっくり》としろい雨傘《かさ》を手に、きりきりしゃんと、

「では、まいりましょうか、阿閉さん。」

「いや、しかしなァ……」

と、渋るちょろ万をせかして、ぴしゃっと、

「さ、早く！」

「はァ〜。こいつはよわった。」

かくて、まったき血のつながらぬ、かりそめの兄と妹の二人づれ、雨の道ゆきとあいなるの段。


市電に省線《しょうせん》、京王《けいおう》、小田急《おだきゅう》、西武《せいぶ》の鉄道諸線に、市バスに青バス、甲州街道バス、関東バスと、西へ西へとのびゆく、帝都交通網の一大拠点とて、おどろくなかれ、日々の乗降客がなんと三十万、もはやそれのみにとどまらず、ほてい屋、伊勢丹《いせたん》、三越《みつこし》のデパート群、ヱビスにナガト、タイガーのカフェー群、武蔵野館《むさしのかん》、松竹館《しょうちくかん》、帝国館《ていこくかん》の映画群と、さらにはレビューで聞こえたムーランルージュに、帝都座《ていと》階上の帝都ダンスホール等々、いまやモダーン盛場《さかりば》たるの条件をも、一ｔとおりにそなえ、今日では浅草《あさくさ》、銀座《ぎんざ》をしのぎ、大東京第一となりたる歓楽街、それがここ新宿——

もっとも、そこには銀座の華《はな》はなく、浅草のけれんもなく、いささか半端《はんぱ》さはまぬかれず、街ゆくひとびとも、学生にサラリーマン、主婦連と、小市民づらばかりなのが、まァ、この新宿らしさであり、また、それは昭和らしさでもあった。

さりとはもうせど、ちょろ万とノンコさんがめざす、二丁目あたりはまだ、よくもわるくも、かつての宿場らしさをのこしていて、往時《むかし》からの社寺もおおく、電車通りから一歩脇筋《わきすじ》へとはいれば、どこにでもあるような家屋敷が甍《いらか》をつらねていて、省線駅付近の坪千円をこゆる街並とは、あきらかに異《こと》なるので。

さて、くだんの二人組は省線駅を降りて、京王パラダイスにて昼食《ひるげ》をすませた後、市電に沿って、てくてく、太宗寺まえまでやってくると、頬づえついて、暇《ひま》そうにしている煙草《たばこ》屋のお内儀《かみ》をつかまえ、

「あの、つかぬことをお訊きしますが、四日ほどまえ、小浜龍夫君という男の子が、太宗寺の脱衣婆像に喰われたそうですけれど、お内儀さんは、なにかお聞きおよびで？」

すると、だいぶとうが立った、かつての看板娘、ものめずらしそうに、じろじろ、ふたりをためつすがめつし、

「なんだい、あんた方は？　いったい、事件《あれ》のなにがしりたいのだい？」

で、阿閉君、某《それがし》は早稲田の教授の主宰する、学術的の雑誌「変態心裏《へんたいしんり》」の記者にて

――うんぬんと、取材の用むきをつたえると、煙草屋のお内儀、中井千代《なかいちよ》なる女史は、しごく興味津々《しんしん》たるようすで、

「へえ、あんたら、雑誌の記者かい？　じゃ、妾《あたし》の話が、その雑誌に載るってのかい？　ふ〜ん？　で、聞きたいことってのは、なんだい？」

「なんでも太宗寺には、伝説があるそうで……」

と、ちょろ万がいいかけたのをさえぎって、煙草屋のお内儀は、わざとらしく声を落として、ひそひそ、

「いいかい、ここだけの話、なにもこれが初めてってわけじゃないんだよ。あれは明治のころだったかねえ。『はまや』の龍夫ちゃんときとおんなしように、男の子がひとり、太宗寺からいなくなっちまってさ。で、閻魔堂を探してみたらば……」

「まさか、脱衣婆のくちから、その子の足がでていたとか？」

阿閉君の差しでぐちに、煙草屋は首をふって、つけつけ、

「あんた、ばかだねえ。そこまではいかないよ。ほら、子どもの着物なんかに縫《ぬ》いつけてある、あのつけ紐《ひも》ってやつさ。それが脱衣婆のくちからでてたのさ。それに、いいかい、あんたたち？　もともとが、あすこの閻魔さまからして、『つけ紐閻魔』っていわれるくらいでね。むかし、ある乳母がむずかる赤ん坊をおどしつけようとして、閻魔さまのとこ

ろへ抱いていったらばさ、閻魔さまがふいと大ぐち開けて、がぶりと赤ん坊を喰っちまったそうなんだ。あとには、その子のつけ紐が、だらりとくちから垂れててね。で、その乳母は悲しみのあまり、境内の井戸《いど》に身投げしたって話さ。まあ、このへんじゃ、たれもがしってる話だけれどね。」

「じゃあ、龍夫君のお祖母《ばあ》さんも？」

と、みちみち事件の大筋を聞かされていた、ノンコさんが割ってはいると、煙草屋は当然さといったふうにうなずいて見せ、

「そりゃ、そうさ。だいたい、龍夫ちゃんだって、その妹の……？」

「聡子ちゃん、ですか？」と、ちょろ万。

「そうそう、聡ちゃんね。あの子だっても、閻魔さまや脱衣婆《おばば》さまの話はしってたろうさ。まあ、ここいらの子どもらは、皆、耳にタコができるほど聞かされてるからね。妾だって、自分んとこの子に、いいかい、あんたたち、親のいうことをきかぬ子は、太宗寺につれてって……」

「脱衣婆さまに喰わしちまうぞと？」と、ノンコさん。

「ああ、そうさ。だからね、ふたりとも龍夫ちゃんがいなくなったとしって、なにはともあれと、まず閻魔堂をのぞいてみたんだろうね。」

「そしたら、なかは血みどろで、脱衣婆のくちからは、龍夫君の兵児帯が垂れていたか
……なるほど。いや、まったく伝説のとおりですナ。お内儀さん、たいへんに勉強になりましたョ。それでは、我輩らはここで。」
が、太宗寺へむかうふたりに、煙草屋はひとりごちて、ぶつぶつ、
「しかしさ、昭和も八年にもなって、どうして、こんな奇怪な事件がおこるもんかねえ。それに聡ちゃんもかわいそうだよ。自分が鬼のときに、あんなものを見せられちまうんだから。最初、龍夫ちゃんが鬼のときには、なんともなかったのにねえ。まあ、どっちにしても気の毒な兄妹だよ。親も目の色かえて探しまわってるようだけれど、はやく見つかるといいンだけどねえ。」

「しょ、尚子《しようこ》サン！」

一行が太宗寺の住職から話を聞かんとして、庫裏のほうへむかっていると、一見、デパートガールのような、映画の女優さんのような、ひときわ美麗《シャン》なモガと鉢合《はちあ》わせになったので。

「あら、阿閉さん、おひさしぶりね。へえ、女づれで取材？　けっこうなご身分ね。」

この嫌味な女、諸井《もろい》レステエフ尚子といって、白系ロシヤ人との混血児で、また「帝都

日報」紙の雑報記者で、おん年まだ二十四の娘ざかり。女だてらに、男仕立ての背広をりゅうと着こなし、それがまた、すらりとした長身に赤い毛、青い瞳とよく似合い、ちょっと日本人ではかなわぬ、個性的の美貌《びぼう》のもちぬし。骨柄《せいかく》も外見《みため》どおりに、男まさりの進取《しんしゅ》強腰《つよごし》だから、男のほうが気後《おく》れしてしまい、いっかな寄りつかず、これで浮いた話一ツと聞かぬ、清純無垢なお嬢さん。

もっとも、わが身をかえりみず、いい寄るというか、尻を追っかけるというか、そんな男がひとりあり、それがこれ、阿閉万なので。

それゆえに、彼氏、これはしまったという表情《かお》で、あわてて、

「い、いや、これはちがうンです！　か、彼女は我輩の下宿の老大家が、目をかけておられる娘さんで、まァ、なりゆきというか、なんというか……」

と、必死にとりつくろおうとするのだが、相棒は勝手に名乗りをあげ、

「あたいは臼井はな。万さんとは、おんなし下宿館なの。で、あなたは、どこのどちらさま？」

それに、尚子嬢、シベリヤの寒風《かんぷう》のような、凍《い》てつくような視線もて、ちょろ万をにらみつけ、

「あらそう、おんなしアパートメント？　ふ〜ん、お熱いことね？」

「そ、そうじゃなくって……」と、阿閉君。

「ええ〜と、はなさんといったかしら？　妾はね、『帝都日報』紙の記者で、諸井レステエフ尚子というの。よろしくね。」

ちょろ万、なんとも六《む》つかしい情況に、ただもう、おろおろ、おたおた、

「こりゃア、よわったなァ……」

「で、阿閉さん？　いつもの妙な雑誌に、こんどの事件の顚末《てんまつ》を寄稿《きこう》しようっていうの？　それで、なにか当てはおありになって？」

「先刻、煙草屋のお内儀さんから話を聞いたほかは、とくに……」

「それは残念ね。もう小浜家のひとたちには会えないわよ。妹の聡子ちゃんにも、祖母のきぬさんにも。」

「どうしてですか？」

と、ノンコさんが訊《き》くに、尚子嬢、小ばかにしたような口調《ものいい》で、ふふんと、

「そんなの、きまってるじゃない。龍夫君が脱衣婆に喰いころされたって、本気で信じちゃってるのだから。皆、ひどく怖がっているのよ。だからね、しらないひとには、会いはしないわ。それに、小児誘拐《かどわかし》かもしれぬからって、官憲《けいさつ》だってきてきているし。」

「そいつは、どうも、よわったなァ……」

かく阿閉君がぽつりともらせば、女記者は挙げ足とって、ぴしゃり、

「ほんとうにあなたって、いつも、よわってばかりね。」

すかさず、ノンコさん、返す刀で、ばっさり、

「じゃあ、貴女はどうなんですの？　いつも強がってばかりとちがいますの？　その男装《なり》といい、ひとを見下した態度といい、まったく、鼻もちならない……」

「は、はなサン！」

それに、尚子嬢、怒りに頬を染め、巻き舌にまくしたてて、ぎゃんぎゃん、

「いったい、なんなの、この娘《こ》！　あなたに妾のなにが判るっていうの！　だいたい、初対面なのに失礼じゃない！」

しからば、ノンコさん、ちょろ万の腕を引ッつかんで、ぐいぐい、

「さあ、もう、ゆきましょう、万さん。あんな男女《おとこおんな》は放っといて。」

「お、お、男女ですって〜！」

「しょ、尚子サン、すみません。こんどまた……」

と、阿閉君、背後《あと》をふりかえりふりかえりして、なんとか尚子嬢のご機嫌をとろうとしたが、女記者はそっぽをむいたまま、ずばずば、

「おあいにくさまね。こんどはないことよ。さようなら。」

「ああ、もう……」

そんな茶番狂言《ちゃばんげき》のために、彼氏、ろくすっぽ取材もできずにしまったよし。

桜下幻談《おうかげんだん》

「といった仔細《しだい》で、まったく取材どころではありませんでしたョ。」

「ごめんなさい。あたいがわるいんです。」

その夕、玄虚館の裏手の数寄な庵。

阿閉君にノンコさん、玄翁先生と、一同顔をそろえ、夕食《ゆうげ》もすませて、一ト時の団欒《だんらん》。

皆、縁側にいでて、裏庭の桜、といっても、わずかに一本きりだが、それを酒の肴《さかな》に、侘《わ》びたお花見。

「あはははは！　二枚目はつらいものだの、阿閉君や！　ふふふふ。」

と、ご隠居が冷やかすと、ちょろ万、鼻の頭をかいて、

「おふざけは、もうそれくらいで、堪忍《かんにん》してくださいョ〜。それよりも、このままじゃ、記事だって書けやしないンですから。また、あすにでも出直して、小浜家の祖母か妹から、なんとしても、話を聞きださないことには……」

「そんなしち面倒《めんどう》くさいことをするより、その食われたとか、消えたとかいう男の子を、見つけてきたらどうだ、え？」

「はァ、まァ、それができれば、それに越したことはないの……ええッ！　まさか！　ご隠居には、龍夫君のいどころに、こころ当たりがあるとでも？」

玄翁先生は山羊鬚《やぎひげ》をしごく、お得意のポーズで、にんまり、

「まあ、ないこともないな。」

「で、では、龍夫君は、いったい、どこに？」

と、つねのごとくに、店子《たなこ》がせっつくと、大家はこれみよがしに、おおきくうなずき、見得《みえ》をきって、ずばり、

「よいか、阿閉君。こたびの事件にはの、二重の目くらましが、たくらまれておったのさ。それがどういうことか判るか、え？」

「に、二重の目くらまし？」

「ふむ。一には、太宗寺につたわる脱衣婆像の伝説じゃ。それがまず布石《ふせき》とて打たれておった。」

して、ノンコさんがさきをうながして、

「ふたつめは、先生？」

「二には、妹の錯覚《さっかく》よ。これこそ、真の目くらましじゃな。」

「さ、錯覚？　真の目くらまし？」

と、まるで筋が読めず、首をひねるばかりのちょろ万に、ノンコさんが助け船をだして、ぱっぱと、

「あっ！　万さん、きっと、あれですってよ！　聡子ちゃんが、兄のすがたを見かけたさいに……」

で、とうとう玄翁先生がのりだして、ぴしゃっと、

「さよう。ほれ、隠れんぼのさいに、兄が妹に妙なことを命じておったろう？　百をかぞえたのちに、右に三度、左に三度、してまた右に三度と、まわるようにとな。たしか、おぬしらは現場にいったのだったな。どうだ、実地にやってみたか？」

「いえ、さすがにそこまでは……」

「たわけめ。頭がはたらかぬなら、身体《からだ》をつかうことじゃ。目撃者の身に、おのが身をおいてみるのも、ひとつの知恵というものよ。」

と、ご隠居は不甲斐《ふがい》ない弟子を叱って、やいやい。弟子のほうはあわてて、庭下駄をはいて、いそいそ、

「では、これより、この場にて……」

「もう遅いわ。よいかな、阿閉君？　兄は妹がことあるごとに、ずるをするのをしっておったそうじゃな。ために三度も身をまわすよう命じておったが、それは妹にずるをさせぬ用心でなく、そのじつ、彼女にずるをさせるたくらみだったのさ。つまりな……」

　で、またノンコさんが割ってはいって、ぬけぬけ、

「実際に聡子ちゃんが見たのは、閻魔堂へじゃなく、不動堂へはいる兄のすがただった、そうなのでしょう、先生？」

「ふ、不動堂へですと？　どうしてまた？」

　と、阿閉君、前回同様、ひとり蚊帳《かや》のそとで、眉《まゆ》をひそめて、ぶすぶす。

「おぬし、まだ判らぬのか。太宗寺は本堂にむかいて、右手《みぎ》に閻魔堂、左手《ひだり》に不動堂とあるが、ふたつのお堂はま横にならんで、しかもよく似ておる。ああ、阿閉君、どうしてしっておるのだと、つまらぬことを訊くでないぞ。儂とてむかしは、六地蔵めぐりをしたこともあるのでな。もっとも、そのときから、六番の深川永代《えいたい》寺はなかったが。よいか、それでじゃ。目をまわし、軽く目眩《めまい》をおこしておった妹が、閻魔堂と不動堂をとりちがえたとしても、なんのふしぎもなかろう。では、なにゆえに不動堂を閻魔堂と見あやまったかともうせば……」

　そこで、ようよう、ちょろ万にも目鼻がついて、ぺらぺらと、

「なるほど！　それが一の布石ですナ？　つけ紐閻魔や脱衣婆の伝説が、おさな心に刷《す》りこまれてあるのを利用したと？」

玄翁先生もしかりとうなずき、とうとうと、

「さよう。いわば俳諧《はいかい》の付合《つけあ》いさ。見立《みた》てじゃ。伝説に則《そく》したように見せて、その本意はべつのところにある。そもそも、あの血にしてからが、鳥か犬猫の血《それ》にはちがいあるまい。それとても、人血《じんけつ》の見立てよな。」

「ですが、そうとすると、脱衣婆がくわえていた、龍夫君の兵児帯や、お堂の血しぶきなぞは、いったいいたれが？」

と、店子がさらにつっこむと、大家はなんでもないといったふうに、

「それは事前に仕こんでおったものに相違ない。おぬしらの話によれば、兄がすがたを消したのは、二度めの隠れんぼのときだそうだな？　ということは、すくなくとも一度は機会があった。ちがうかの？」

「しかし、それはまだ、龍夫君が鬼の役のときで……」

すると、またまたノンコさん、意外な冴《さ》えを見せて、こんこんと、

「いいえ、万さん、反対ですわ。鬼の役だからこそ、あんな悪戯《いたずら》を仕かけることができたのです。もし一度めも龍夫君が隠れるほうの役だったら、聡子ちゃんが閻魔堂のなかをの

ぞいても、それをどうにもできなかったでしょう。ねえ、先生？」

それに師がうなずき返すのを見、弟子は考えあぐねたすえに、なんとか目処《めど》がついて、くだくだと、

「では、こういうことですか？　まず龍夫君は最初の隠れんぼのときに、閻魔堂に聡子ちゃんがいないのをたしかめ、それから脱衣婆像に帯をくわえさせ、お堂じゅうに猷かなにかの血をまいたあとで、はじめて聡子ちゃんを探しにいったと？　そうして、こんどは聡子ちゃんが鬼の役になると、妹に錯覚をおこさせるようにして、自分は不動堂のなかへと隠れ、閻魔堂の惨状におどろいた聡子ちゃん、きぬさんが、ひとを呼びにいった隙に、こっそり不動堂から立ち去ったと？」

「さようじゃ。」

「しかし、どうして、わずか六才の子が、ここまで手のこんだことを？」

「さっするに、親や皆の気を引きたかったのだろう。いつも妹のとばっちりをうけて、叱られてばかりの兄が、親どもに一ト泡ふかせたかったのさ。まあ、おおかた、そんなところだろうて。」

「では、龍夫君はどこに？」

「いかに知恵がはたらくといっても、所詮《しょせん》は六才の童児にすぎぬ。身を隠すところなぞか

ぎられておろう。近所におらぬというのであれば、おおかた悪友のところだろうさ。きっとそのへんに匿《かくま》われておる。まあ、あえて探さぬでも、もう二、三日もすれば、でてくるだろうがな。」

それに、ちょろ万、めずらしく異《い》をとなえて、

「そうはまいりませんョ。いまや新聞にも報じられ、官憲も乗りだすほどの大事となってしまっては。あんがい、龍夫君もでるにでられぬのかもしれない。」

「では、おぬしが探してみるがよかろう。」

「判りました。では、きっと見つけだしてまいります。」


翌朝、ちょろ万とノンコさんの二人組は、くだんの小浜家に押しかけると、かくしかと仔細を説いて、さらには両親のお供《とも》として、再度、こころあたりの家を一軒一軒、家探しさせたあげく、四軒めの大久保百人町《おおくぼひやくにんちよう》は、従兄《いとこ》の家の屋根裏部屋に、匿《かくま》われていた龍夫君を発見した次第。

ところが、その、いかにも、はしっこそうな童児は、事前に閻魔堂へ悪戯しておいたのを白状《はい》たうえで、

「ちがうやい！　おいら、不動堂へなんか、隠れちゃいないってば！　だってよ、おい

ら、聡子のやつが勘定をはじめると、すぐに墓地の塀をのりこえて、でてったんだもの！　そんときに声をかけたんで……ええ？　なんだって？　聡子がおいらを見てるって？　しらねえ、しらねえよお！　そ、そいつは、おいらじゃねえってばよお！」

「それは、嘘《うそ》ではないのだろうネ？」

と、ちょろ万が念押しすると、童児はもはやくちをきかれず、ただ否と首をふるばかりだった。

帰路《かえり》の道すがらに、ノンコさん、みごとに事件の絵解きをして、いわく、

「あれはきっと嘘ではないですわ。だって、玄翁先生はああもうされたけど、かならずしも聡子ちゃんが、閻魔堂と不動堂をとりちがえるとはかぎらないでしょう？　いくら目をまわしていたって？　聡子ちゃんにそんな都合よく、錯覚させる保証なんてなかったはずですわ。あれは、たぶん、いつもと変わったことをさせて、ちゃんと百までかぞえさせようとしたのだと、あたいはおもいます。」

「ああ、そういわれてみれば、たしかに……でも、そうすると、聡子ちゃんが見たといった、その少年はなに者で……ま、まさか、明治のむかしに、神隠しにあった男の子なんじゃ……？」

それには、ちょろ万もノンコさんも、たがいの顔を見やりて、だまってしまったよし。

其ノ六【上野】

血塗ラレシ平和ノ塔

松植館
動物園
文化村
帝室博物館
電気館
外国館
花壇
東照宮
義士館
台湾館
音楽堂
羊毛館
五重塔
動力館
大噴水塔
平和館
染織館
機械館
朝鮮館
平和橋
平和池
建築館
製作工業館
両大師
平和塔
平和橋昇降口
精養軒
運輸館
満蒙館
観月橋
水晶塔
樺太館
大仏
正門
特設館
動物館
輪王子
航空館
不忍池
弁天宮
北海道館
衛生館
万国街
林鉱館
第二会場正門
警察署
擂鉢山
東京自治館
凌雲院
世界美人踊館
龍宮館
演芸館
美術館
南洋館
水上飛行機橋
園芸館
食料水産館
金閣寺
平和塔
サークリング・ウェーブ
花壇
農業館
第二会場出入口
即売店
清水観音堂
教育学芸館
彰義隊碑
即売店
電気塔
西郷銅像
常盤花壇
装飾館
貨物線
電車発着
上野停車場
上野公園停留所
ステーション前
車坂町

平和博《へいわはく》

ポポーン、ポンポン、ポーン。

ポポーン、ポンポン、ポーン。

朝っぱらから花火たあ、ひどく景気のいいこったが、ここ、上野《うえの》のお山は、あいにくの小糠雨《こぬかあめ》で。三月《やよい》もまだ十日、花見にゃちとはやすぎるが、さりとて、園内の雑踏《にぎわい》は、いつにもまして大混雑で。

それというのも、本日大正十一年（一九二二）三月十日から、七月の尽日《じんじつ》まで、四月《よつき》半ものながきにわたり、平和記念東京博覧会が催されるからで。

これはさきの欧州大戦の甚大なる惨禍《さんか》を悼《いた》み、かつ世界の平和を寿《ことほ》いで、また経済の発展にも資するため、あまねく内外の産物を収集し、展覧に供せんという祝賀博覧会、いや、さようなお題目はともかく、陳列面積およそ五千坪、本館二十一館、出品点数二十万余点をほこる、世にも大がかりな見世物《おまつり》なのだった。その規模たるや、場内の行程がのべで六里半（約二六粁《キロ》）、興行物を全部見物するとなれば、大体九時間、まる一日はかかる計算で、しかも、開場時間が午前と午後に分かれてあり、かててくわえて、場内の混雑まで勘定に入れると、とてもじゃないが、一日や二日で見てまわれるものじゃない。それゆえ、地方からの物見客などは、東京見物をかねて、三泊四泊と逗留《とうりゅう》してゆくのである。

さて、西郷《さいごう》銅像のあたりで、右手に雨傘、左肩には三脚、そのうえ、写真機を首からぶらさげて、うそうそ、きょろきょろ、いかにも不案内のようすの紳士ていがひとり。フラノの三ツ揃《ぞろ》いにソフト帽、カイゼル髭にロイド眼鏡と、若いながらも、いっぱしの人士《じんし》づら。

このご仁、磐城《いわき》郡山《こおりやま》からさらに十里の寒村育ち、素性《もと》は歴《れき》とした地方人《いなかもの》なのだが、じつはこれ、物見客ではない。そもそも初日の一般開場は、午後二時よりときまっている。しかるに、彼氏、身分は「江湖《こうこ》新報」社会部記者、姓を南《みなみ》、名を順吉《じゅんきち》、当年とって二十六。遠縁の伝手《つて》をたよって、二十《はたち》で上京はたして、はや六年、いまじゃ、すっかり見ちがえて、ご覧のとおりのハイカラ記者さん。だが、仲間内から「はぐれ順吉」とあだ名されるように、六年も東京でくらしておるのに、どうにも地理にうとくッて、銀座に取材に行ったはずだのに、新宿で道を訊《き》いているという始末。

今朝などはまだいいほうで、ちゃんと上野公園までたどりついて、さて、開会式会場の平和館はと、幾度となく案内板をにらんだが、右か左か、東か西か、さっぱりわけが判《わか》らず、それで、とおりがかりの一団を追いかけ、そのなかのモーニングに赤薔薇《あかばら》の老紳士を

つかまえて、

「失礼ですが、平和館へは、どう行ったら……？」

と、訊いた老爺が、なんと貴族院議員の稲垣《いながき》子爵さま。で、老子爵、じろり、見しらぬ若造の風体をあらためると、詰問口調で、ねちねち、

「ほう、写真機とは、貴君は新聞の記者かなにかかね？　しからば、おおかた開場式の取材であろうな？　で、なんという新聞社かね？　なに、江湖新報？　いや、しらんな。しかし、まあ、よい。儂《わし》らのあとについてくるがよかろう。ああ、儂は稲垣子爵だ。」

「子爵さま？　はあ、これは恐れ入りましてございます。わたくしめは南順吉ともうします。どうぞお見しりおきを。」

かくて、一行は彰《しょう》義隊碑《ぎたいひ》のところを左に折れ、清水観音堂の横をとおって、平和塔のまえにでたところで、巡査に記者、来賓《らいひん》のめんめん、総勢二、三十名ばかりが、そろって天《うえ》を見あげ、くちぐちにまくしたてて、やいやい、がやがや、

「なんだろうな、ありゃ？　博覧会の趣向にしちゃ、ちいと気味がわるいが？」

「君、せっかくの塔がまッ赤じゃないかね？　あれはなにかの手ちがいか？」

「いえ、昨日までは、なにも異状はなかったはずですが……きっと昨日らいの雨で、塗装が流れたせいかと……？」

「塗装？　しかしねえ、巡査さん？　ほら、あのうえのほうの、丸印のようなのはなんだい？　あれが塗装が流れたように見えるかね？」

「はあ、まあ、それは我輩《わがはい》にも、ちょっと……いま、事務局の主任をよびにむかわせていますので、いましばらく……」

その騒ぎにつられ、南記者も稲垣子爵の一行も、皆、足をとめ、やおら目をあげると、なんと今博覧会の象徴、高さ百四十尺（約四二米《メートル》）、七層のモダーンな平和塔が、あたかも血を流しているようにも見えたので。まァ、もっとも、心してしかと見ゆれば、塔の百尺（約三〇米）ほどのところに、二十余個のあかき丸字が印され、その一部が雨にて流れ落ちたものと、容易にさっせられたが。

はたして、その不可解なるの丸字がどういった状態《もの》かは、翌朝の「江湖新報」紙上にてあきらかとなるのだが、まずは皆さまにご紹介しておきまするると、おおよそ、左のごとし（図一）。

して、平和塔の惨状をみとめた老子爵、不機嫌そうに眉をひそめて、ぶつぶつ、

「おそらく、なにものかの悪戯には相違ないが、しかし、ひどいことをする。平和の塔に血のごとき落書《らくしょ》とは。まったく、けしからん輩《やから》じゃ。」

かたや、はぐれ順吉、写真機をかまえ、二、三枚も写すと、たれいうとなし、ひとり言

【図一】

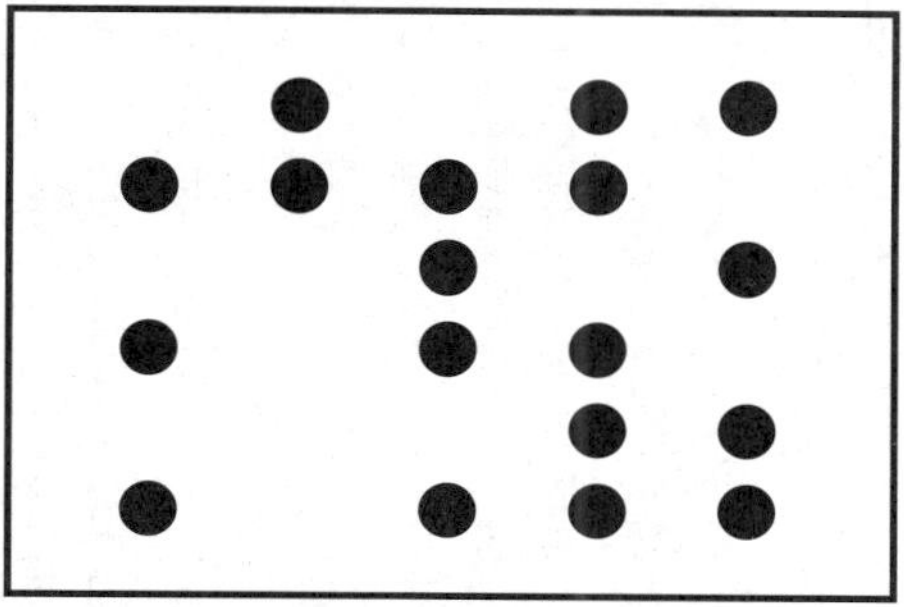

して、ぼそぼそ、

「しかし、あんな高いところに、どうやって描いたものかな？　まさか梯子《はしご》をかけたともおもわれぬし……それに巡査の話じゃ、きのうにはなんの異状もなかったそうだから……う〜ん、なんとも奇っ怪だ。」

　そんな記者の感心したような口調《ものいい》に、老子爵、むかっ腹をたてて、がみがみ、

「おい、君、まさか、あんなくだらぬものを公《おおやけ》にするつもりじゃなかろうな！　しかもだ、いいかね、きょうは博覧会の初日で、これから開場式がおこなわれるという矢先ぞ！　君は今博覧会に水をさすつもりか！　不敬である！」

　が、そこはたとえ二流でも三流でも、いちおう記者のはしくれ、さような脅しになんぞ屈す

ることなく、それかあらぬか、へんにうれしそうにして、にやにや、

「あいにくですが、水なら、とっくにこの雨でさされてますとも。どうです、ほら、皆、もう濡れ鼠《ねずみ》じゃありませんか。あはははは！　それに……あれは単なる悪戯《いたずら》書きとはちがいますな。わざわざこの初日をねらって、たくらんだものでしょう。そのうえ、警察署の鼻先で、こんなことをしでかすとは、よほどの豪気《ごうき》と見える。それとも、なにかやむにやまれぬ事情でもあったのか。まあ、いずれにしろ、あれにはきっと意味があるのでしょうな。」

「意味とはなんじゃ？　もうしてみよ！」

「それが、判らぬから、公にしようというのじゃありませんか？」

「ふん、へらずぐちめが！　貴様、たしか南とかいったな！　おぼえておくぞ！」

「へえ、そいつはどうも、痛み入ります。」

かくて、そろそろ開場式がはじまるというので、いっそ平和館まえの広場へとむかう人波が増し、それに押されて、なにがなにやら判らぬまま、南記者も会場へいってみると、モーニング姿や軍服なりが入り交じって、もう押すな押すなの大混雑。紅白だんだんの幕を背景に、宇佐美《うさみ》会長の挨拶《あいさつ》やら、来賓らの祝辞やら、海軍軍楽隊の「君が代」演奏やら、一ト《ト》とおり聞いたところで、そっとぬけだし、〈建築館〉〈工業館〉〈工芸館〉とざっ

と見物して、正門をくぐり、平和塔までもどってみたらば、もうさきの落書はすっかり消されてしまっていたので。で、たまたまそこに居合わせた巡査に聞けば、開場式のさなかに、警備部員らの手によって、洗い落とされてしまったよし。が、あんがいにねばり腰の南記者、県《あがた》警備部長に面会をもとめ、しぶる氏からなんとか談話を聞きだして、さらには発見者の大山《おおやま》巡査の伝をも書きとめた。

　そうして、ほんらいの見聞記事をものするべく、まずは「空前の大計画」との宣伝文句《うたい》の〈万国街〉の世界美人踊り――民族舞踊とはいい条《じょう》、英仏露西亜《ロシヤ》に埃及《エジプト》、希臘《ギリシア》、土耳《トル》古《コ》と、各国美人連のお色気ダンスに、埃及の大魔術や占易《うらない》、角人間や有尾人等のグロ見世物等――を堪能し、お隣の〈南洋館〉の接待用の紅茶を頂戴した後、〈演芸館〉の松旭《しょうきょく》斎天勝《さいてんかつ》の西洋奇術、宝塚《たからづか》の少女歌劇やらを見物すると、国民の栄養衛生が題目《テーマ》の〈衛生館〉、日本画洋画、水彩画にパステル画の〈美術館〉、漁具や水産品の〈水産館〉、肥料に農具の〈農業館〉と、さしておもしろくもない展示館を覗いてしまうと、不忍池《しのばずのいけ》の第二会場のほうへと河岸を変え、こんどは場内一の敷地をほこる〈外国館〉（自動車、モーターボート、レヂスター、氷菓《ひようか》製造機、裁縫《さいほう》用ミシン等、最新機械類が呼び物）、くだって〈台湾館〉（樟脳《しょうのう》、砂糖、竹細工等）、〈朝鮮館〉（金剛山の大パノラマ）、〈満蒙《まんもう》館〉（絹織物、翡翠《ひすい》宝石、満鉄の銑鉄《せんてつ》等）、〈樺太《からふと》館〉（電気仕掛けの大水槽に海中魚介藻）、〈北海道館〉(北海の特産珍物)と、その外観だけを写真に収めると、池のむこう、茅町《かやちょう》側の〈動力館〉〈機械館〉〈運輸館〉〈航空館〉〈林業館〉などには足さえむけずに、弁天宮《べんてんぐう》の隣、少年少女が龍宮の乙姫《おとひめ》らに扮《ふん》する舞踊が売りの、カフェパウリスタ経営〈龍宮館〉(大人四十銭、小人二十銭)やら、一回大人六十銭、小人五十銭で、不忍池の池上を滑走させてくれる、十八人乗り〈磯部《いそべ》式水上飛行機〉(もちろん飛行はしないのであるが)を撮影して、あとはもう、絵葉書やらお人形、記念写真など、各種土産物をあつかう露天の〈即売店街〉を適当にぶらぶらしてお茶をにごし、ちょうど一般開場がはじまる午後二時には、会場をあとにしてしまった。

で、さっそく社にもどるや、編集長をくどき落とし、写真を現像にまわして、平和塔の一件をまとめたのが、以下の記事。

——雨ならぬ血で祟《たた》られた平和博——

開場初日に怪事件！

平和塔へ謎の血の落書《らくしょ》！

昨三月十日午前九時頃、開場式を前にして上野の平和博会場では全国からの来賓等でゴッタ返してゐたが、今博覧会のシンボルたる平和塔の付近にて人の輪が出来、ザワザワと騒《さわ》ぎ立ててをり、本紙記者も見るに塔の東側壁面にベッタリと血のやうな真つ赤な汁が垂《た》れ落ちて、世にも奇なる光景を現出させてゐたのであつた、加ふるにその落書らしいのは百尺もの高さに印されてをつて、到底人の手では不可能とも思はれるが、然《しか》るに其の丸い印は何かの記号のやうにも見へ、亦《また》巡査等によれば一昨日には何らの異状も認められ無かつた由《よし》であるから、此の怪事は九日深夜の出来事であり、態々《わざわざ》開場式当日を狙つた悪戯と察せられるが、然し遠藤《えんどう》事務総長、県警備部長等は詰まらぬ悪戯で開幕した許《ばか》りの博覧会に好ましからざる噂《うわさ》が立つのを嫌ひ、敢《あ》へて犯人を詮索《せんさく》する意思は無い様子である、だが、抑々《そもそも》今博覧会には開幕前から芳《かんば》しからぬ噂が絶へず、絵葉書発行の権利を巡る某府議の疑獄事件や、園芸蔬菜《そさい》館主任の失踪《しっそう》事件が取《と》り沙汰《ざた》されてゐた所に今回の怪事であり、関係者も最早《もはや》これ以上の難題を抱え込む腹は無いと見へるが、果たしてこのまゝ収まりが着くかどうか、何《いず》れにしても今博覧会は臭い事だらけのやうである、

（大正十一年三月十一日付『江湖新報』）

血《ち》の落書《らくしょ》

「といった事件なのですがネ……いかがです、ご隠居、じつに不可解でしょう?」

「なんの、これしきの事件、たわいもない。だいたいな、その落書にしてからが、容易に他人に判るよう、書かれておるではないか。」

ここは早稲田鶴巻町《わせだつるまき》の一角、「玄虚館《げんきょ》」なる安下宿の離れの、そのまた縁側。して、そこにてあい対するは、白い綿シャツに黒サージのズボン、そんないかにも書生ていが、「ちょろ万《まん》」こと阿閉万《あとじよろず》、今年かぞえで二十七。ちまちまとまンなか寄せあつまった目鼻だちは、一見はしっこそうにも見えるが、やっぱりどこかまがぬけていて、それでもなんとか文筆で身をたてていられるのは、たのまれた仕事はなんでも請《う》けあう腰の軽さと、記事を手っとりばやくまとめる要領のよさ、物怖《ものお》じせずにずかずかと他家にはいりこむ面皮《めんぴ》の厚さがあればこそで、とくべつに知恵がまわるわけでも、達意の名文をものするわけでもない。

いちおう記事のうえでは、事件の筋道《すじ》をみごとに絵解きして見せるが、それはもっぱらこちら、この白髪白髯《はくはつはくぜん》の隠居てい、そのじつ、この下宿館の大家にして、「玄翁《げんのう》先生」こと間直瀬玄蕃《まなせげんば》、安政六年（一八五九）のうまれで、おん年七十五歳のお役目。骨と皮ばかりの痩身長軀《そうしんちょうく》からは、おもいもよらぬが、これでむかしは救世軍の小隊長とて、花街のごろつきなんぞを、さんざ懲《こ》らしめたくち。はたせるかな、居合《いあい》は関口《せきぐち》流で、槍は宝蔵院《ほうぞういん》流、ついでにお茶は不昧《ふまい》流と、なかなかに一ト筋縄でゆかぬご老体。

で、きょうもきょうとて、阿閉君、またまた、ご隠居のお知恵を拝借にあがったよしだけれど、それというのも、昨秋上梓《じょうし》して、そこそこ評判になった「新聞集成　明治怪事件録」、その続刊の〆切がのびのびになっており、いいかげん書肆《しょし》がしびれをきらして、今月中に脱稿せねば刊行中止と、脅しをかけてきたからで。

もとより、ちょろ万、そんなことはおくびにもださずに、ひょうひょうと、

「たわいもない？　あの暗号も容易に解けると？　へえ～、こりゃ、おッたまげた！」

と、小生意気《こなまいき》にも嫌味をぬかすと、大家はぷいと外方《そっぽ》をむいて、いかにも余所事《よそごと》のように、

「ほう、さようなへらずぐちをたたくか。なれば、儂はこれより他出《たしゅつ》しようとおもうが、それでもかまわぬな。え、どうだ？」

ご隠居に弱味を見すかされ、阿閉君、ぐうの音《ね》もだせずに、素直に頭をさげて、

「し、失礼もうしました。それで、あの、くだんの落書の意味とは……？」

して、玄翁先生、にんまり、嫌味な微笑《えみ》をうかべて、

「ときに、おぬし、この記事の後報を追ってみたか？　どうだ？」

「いえ、きょうはこればかりで。それがなにか……？」

「なに、おおかた、この落書の意味についても、あかされておるだろうとおもってな。まあ、さほどに容易《たやす》い暗号だからの。」

「これが、容易いですとォ〜？」

と、ちょろ万、わんわん、すっ頓狂《とんきょう》な声をあげ、かたや、ご隠居、くだくだ、遠まわしに聞き返して、

「では、訊くがの。阿閉君、なぜに犯人は平和塔などという、い、しち面倒な場所に悪戯書きをしたとおもう？」

「それは……さァ？」

「よいか、平和塔は博覧会の象徴《シンボル》、もっとも目だつところよな？　ちがうか？」

「ああ、ええ、それはもう……」

「で、そこにわざわざ落書するということは、おおくの人目をねらったものとさっしられる。」

「はァ、まァ、たしかに……」

【図二】

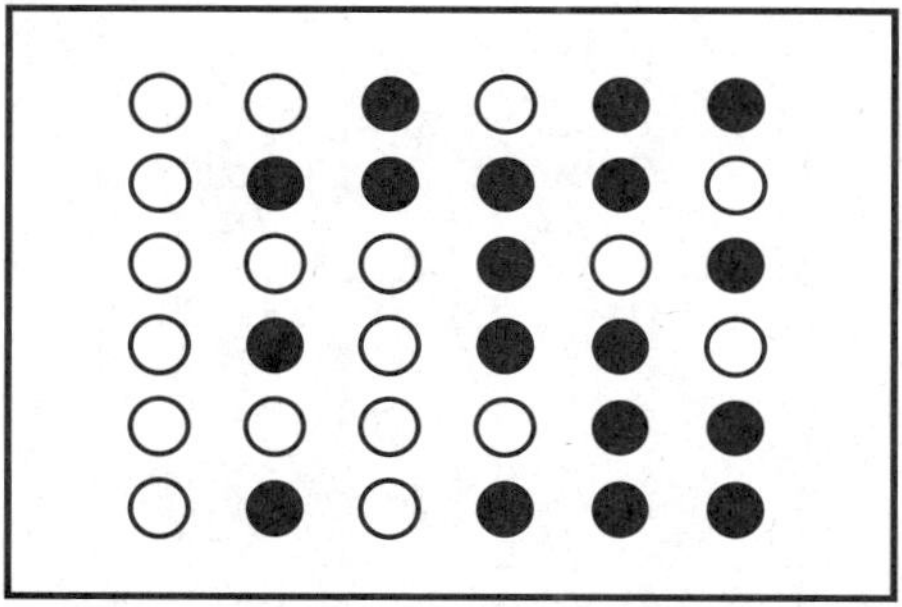

「さればこそ、それは難解なる暗号ではありえぬはずだの。人目についてもたれにも読めぬしろものでは、落書の意味がない。そうではないか？」

「はい。まことに、おっしゃるとおりで。」

「なれば、丸の記号をもちいた文章作法は、なんであるかを考えてみればよい。」

「丸をもちいた文章作法？」

「どうだ、おもい当たらぬか？　では、助け船をだしてくれよう。ほれ、ペンと帳面をださぬか。」

「あ、ああ……どうぞ、これを。」

玄翁先生、きょうは気味がわるいほどに機嫌がよいらしく、いつもの弟子の不明《ふめい》にも短気を起こすこともなく、紙と筆を手にするや、ふたたび阿閉君がもちこんだ古新聞を一見すると、

躊躇《ちゅうちょ》もなしにざっと書きあげ、

「黒丸だけでは判らぬらしいから、これをこうしてな、白丸を足してやると……どうだ、見おぼえないか？」

「ああッ！　こりゃ、たしか……ええ〜と……？」

店子が喉《のど》まででかかっているのを、きょうの大家はあっさりと種を割って、

「ふむ。これは印刷電信符号よ。モールスでなく、和文のほうのな。」

と、いつものように得意がるわけでもなく、恩着せがましいわけでもなく、じつに素直に手わたしたのが、前頁の図で（図二）。

「で、ご隠居、こいつは、なんと読むのです？」

そう阿閉君がうながすと、玄翁先生はそらっとぼけて、ごにょごにょ、

「いや、それがの……じつは忘れた。」

「なァ〜んだ、それじゃ、せっかく絵解きも……」

そのいいに、ついに玄翁先生も、堪忍《かんにん》袋の緒《お》を切らし、がみがみ、

「なぜに儂が印刷電信符号などを、いちいちおぼえておらねばならん！　そんなもの、郵便局にでもいって訊きさえすれば、すぐにも判ろうが！　一から十まで儂に面倒をかけるでない！　このうつけものめが！」

大家のあまりの剣幕《けんまく》に、ちょろ万、そうそうに尻尾《しっぽ》をまいて、下駄を手に縁側から逃げだし、庭口にてぺこりと頭をさげると、

「ご指南、ありがたく存じます。では、また、のちほどご報告にあがります。」

と、吐くなり、巷《ちまた》へと飛びだしていった。


その後の阿閉君の足どりはといえば、まずは近くの郵便局にて印刷電信符号について教えを乞い、その足で上野の図書館へとむかって、新聞室にて半時ばかりもこもった後、神田三崎町《かんだみさきちょう》の江湖新報社へ寄り道し、いまや社会部長となりた南氏と面談して、事件の全貌を聞きだすと、にたにた、不気味なひとり笑いなどして、玄虚館へと帰ってきた首尾《しだい》。

もうその時分には、日はとっぷりとくれ、初夏の気持ちのいい宵に、ご隠居はすこぶるご機嫌で、ちょうど縁側にて鮎《あゆ》を肴《さかな》に一献《いっこん》やっていたところ。そこへ大家の都合などおかまいなしに、店子がやってきては、くだんの電信符号をうつした紙片を手に、ぎゃんぎゃん、まくしたて、

「いやァ、やっぱり、ご隠居のおっしゃったとおりでしたョ。これをご覧ください。こいつはたしかに印刷電信符号だそうで、『ソサイカンニ』、つまり『蔬菜館に』の意でしてネ、開幕前夜にすがたをくらましたという、園芸蔬菜館主任の失踪事件がらみと判ったン

【図三】

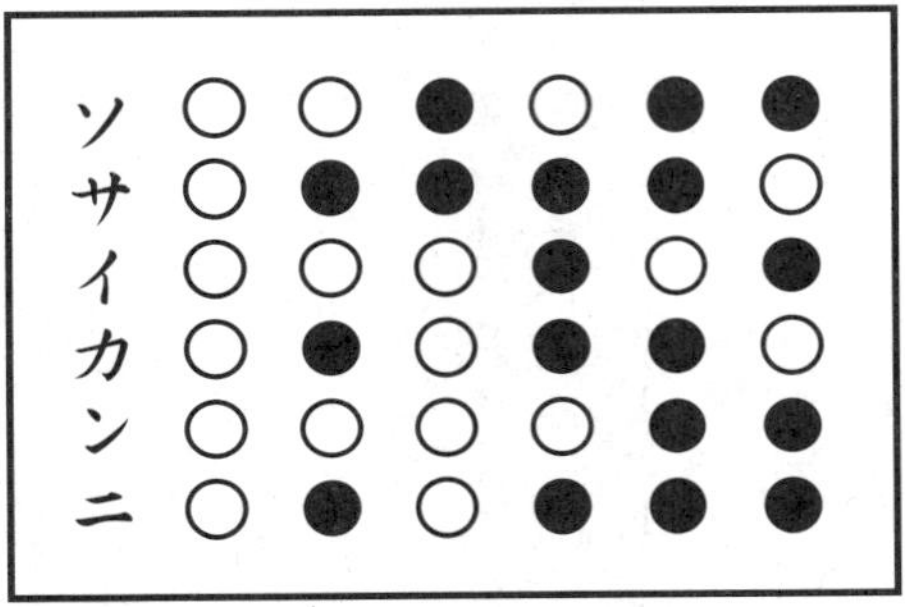

で。」

と、まるでおのが手柄のように、得意満面で手わたしたのが、つぎなる絵解き（図三）。

が、それを見ても、ご隠居はしかめっつらで、ぼそぼそ、

「ほう、それはお手柄だったの。」

「ところがですナ、この話にはまだつづきがあるンで。その蔬菜館主任、小杉亭《こすぎとおる》、当時四十二、三の人物ですが、それが川越《かわごえ》の実家の納屋《なや》で、首をくっていたのが発見されたンですヨ。」

「しからば、そやつが平和塔に悪戯をした犯人か？」

「いいえ、どうもそれがちがうようで。それというのも、『江湖新報』の南氏の話によれば、小杉氏は農業館と蔬菜館の主任だったのです

【図四】

五四五壱九弐壱四
参四壱五

が、そこでの出品をめぐって、どうも疑獄があったらしいとのよしで。」

「なるほど。では、それをしったなにものかが、小杉 某《なにがし》を告発せんと平和塔に電信符号を描いたという筋書きだな。ふ〜ん。」

もはや興がうせたといわんばかりの玄翁先生の口調に、ちょろ万、にたっと笑うと、またぞろ紙片《かみきれ》をもちだして、

「ところが、それで謎はしまいじゃないンですナ。小杉氏の死体からこんな不可解な紙片がでてきたンで。」

で、大家へ手わたされたのが、うえなるうつし（図四）。

「また暗号のたぐいか。」

と、ご隠居がうんざりしたようにいうと、阿閉君、いっそいきおいづいて、わいわい、

「我輩もこれを見て、『いろは』や『アイウ』と、ためしてはみたのですけれど、『ほにほいりろいに、はにいほ』とか、『ヲエヲアケイアエ、ウエアヲ』とか、皆目、意味が通じぬありさまで、それで……」

「これも儂に解かせようという腹か。」

「はァ、まァ、そんなところで。それにまだ、くだんの告発者は、なにゆえ平和塔へ落書するのに、電信符号なぞをもちいたとか、また、それをいかにして、やってのけたのかと

か、いくつか解かれぬ謎ものこっておるし……」

が、もはや玄翁先生は聞いておらず、ただ紙片をにらんで、ぶつくさ、

「一と二と三、四に五に九か。ふむ、わずかに六文字か。しからば、これはふつうの換字式ではないな。換字式の暗号にしては、文字数がすくなすぎる。」

「換字式でない？　ああ、やっぱり、そうでしたか。どうりでうまくゆかぬはずだ。」

ご隠居はこの難題に、いつものように腕をくみ、紙片をじっとにらみして――ふいと、なにかひらめいたものか、指を折り、大声をはっして、いわく、

「すると、もしや隠語、通言のたぐいか。だとしたら……いや、まてまて、これをもっておったのは、園芸蔬菜館の主任であったな。なれば……おお！　阿閉君、判ったぞ！　これは符丁《ふちょう》さ！『いつも不景気なし』じゃよ！」

「いつも不景気なし？　はァ～？」

と、ちょろ万には筋が見えず、惚《ほう》けた顔で、鸚鵡《おうむ》のごとくに、大家の伝をくりかえすしか芸がなかった。

老翁伝奇《ろうおうでんき》

大家はそら見たかと得意の顔で、微細《びさい》にわたりてまくしたて、ぺらぺら、

「ようするに、こういうことさ。小杉某が主任をつとめておった、農業館、園芸蔬菜館の展示品が示唆《しさ》しておったのじゃ。ほれ、園芸というからには、米や野菜のほかにも、花や植木なぞも出品されておったに相違なかろう。そこでな、古本屋や寿司屋のように、植木屋にもやはり符丁というものがあってな。符丁とはおぬしもしっておるように仲間内のことばで、古本屋なら《一》を『お』といい、寿司屋なら『ぴん』という。して、植木屋は《一》を『い』、《二》を『つ』、それを《九》までつなげると、『いつもふけいきなし』となる。で、これを逆に数字に換えて、あらたに文章をつくったのが、さきの『五四五壱九弐壱四、参四壱五』さ。さて、これを符丁にあわせて、文章にするとどうなる、阿閉君？」

ちょろ万、わざわざその符丁を紙に書き、いちいち数字に当てはめ、それをゆっくりと読みあげて、

「《五》が『け』で、《四》が『ふ』、《一》が『い』になり、《九》は『し』、《二》は『つ』、《三》が『も』だから……『けふけいしついふ、もふいけ』？　はァ〜？」

「よいか、それはの、『今日刑事追捕《ついぶ》、もう行け』と読む。」

が、店子はいまだ半信半疑で、くだくだ、

「すると、じゃあ、これは博覧会をめぐる展示品の疑獄事件にからみ、共犯者が官憲の手がせまってきているので、逃げろと報せたものですか？」

「さよう。それで小杉某は、開幕前夜に行方をくらましたのさ。」

「ところが、彼氏は実家で首をくくっていた。」

そこで、玄翁先生、しかつめらしい顔で、ぼそり、

「共犯者に都合のよいことにな。」

「まさか、ご隠居はそれも殺しだと？」

「さて、それは判らぬ。だが、刑事追捕うんぬんという事実の真偽はともかくとして、文面からさっするところ、その共犯者は小杉某の上役にあたる人間《もの》であろうな。さもなくば、小杉某が素直に行方を絶つともおもえぬ。」

ご隠居の絵解きに、しばし黙していたちょろ万だったが、突如「がははは！」と大笑したかとおもうと、しきりとうなずいて、のたまわく、

「これは、おどろきましたゼ、ご隠居。まさしく、そのとおりなンで。小杉氏が亡くなって一ト月ほどしてのち、いまの農林省、当時の農商務省の柏村《かしむら》課長という人物が、殺人と収賄《しゅうわい》の嫌疑で逮捕されておるンです。ええ、彼氏はたしかに官界では、小杉氏の上役に当たるでしょうナ。いや、じつにおみごとでした。」

が、大家は店子のごときに、おのれが力量をためされたとしり、顔をまッかに染め、拳をわなわなとふるわせて、

「な、な、なんと！　おぬし、儂をたばかったのか！　最初からしっておって……ゆ、ゆるさぬ！」

　その尋常ならざるようすに、阿閉君、おもわず、あとずさりしつつ、両の手をあわせて、

「い、いや、そ、それは誤解ですョ、ご隠居〜！　あ、あの符丁の暗号は、この十一年間、ずっと解かれずあったンですから〜！　わ、我輩が、『江湖新報』の南氏から聞いていたのは、電信符号の意味と、その後の疑獄事件の展開だけなんですって〜！　ど、どうか、信じてくださいョ〜！」

それでも、ご隠居は腹の虫がおさまらないらしく、床の間に飾ってあった大小《かたな》（大のほうだが）を手にして、ちょろ万にせまると、どすをきかせて、

「これまでの恩義をわすれ、この儂をからかうとは、度しがたい不届《ふとど》きじゃ。しからば、これより打ち首にしてくれるが、辞世の句なぞあったら、聞いておくぞ。どうだ、なにかあるか？」

「な、な、なにとじょ、おゆるしを。こ、こ、こ、こんりんざい、さ、さような真似はせぬと、ち、誓いましゅゆえ、ど、どうか……」

と、阿閉君、ついに進退きわまって、目をつむり土下座をして、まわらぬ舌で懸命にもうしひらきをしたが、玄翁先生、鼻で嗤《わら》って、

「ふん、それでは句になっておらぬわ。まあ、よい。しかとうけたまわった。では、覚悟せい。」

「ひぃぃぃぃぃぃ〜！」

「たあっ！」

というかけ声とともに、なにかが首に当たった感触があり、ああ、これが死なるものか、あんがいに痛みを感じぬものだなと、へんな覚悟をえて、ちょろ万、ようよう目をあけてみれば、ご隠居が腹をかかえて笑っているのが見えたので。

「わ、我輩、もう死んで……？」

「うつけめ！　竹光《たけみつ》でひとが死ぬるものか！　これは玩具《おもちゃ》じゃ！　くくく！」

「し、しかし、以前、ご隠居が真剣を手入れされておるのを、我輩、じかに見たおぼえが……？」

「さようなもの、こんな人目につくところにおいておくものか！　盗人に盗めといっているようなものではないか！」

「それじゃあ、我輩はまだ……？」

「そうして、へらずぐちをたたいておるのが、いきておるなによりの証拠！　ふん！」

そんな時代がかった笑劇のあと、しばらくして落ちついたちょろ万、いまだ決着を見ぬ謎――平和塔に印された電信符号――について、ご隠居に質《ただ》すと、大家はさぐるような目つきで、店子の真意を見さだめ、それでようよう、

「では、仮におぬしが身内の不正をしる立場にあり、それを世にしらしめようとかんがえたとする。それも投書など捨て去られるやも判らぬ不確かな手段でなく、もっと強烈に世間に訴えたいとおもい、そこで平和塔に落書するという派手なことをひらめいた。平和を祈念する博覧会を食物《くいもの》にして、私腹を肥《こ》やすような輩《やから》は、平和博、すなわち平和塔に泥をかけるにひとしいとな。だが、地上百尺をこゆる高さに、ふつうの文字をもて落書する

のは六《む》つかしい。しかも、平和塔は警察署と眉睫《びしょう》の距離にある。落書にゆるされる時間も、そうはあるまい。どうだ、阿閉君、そこまでは、よいな？」

「ええ、まァ……」

「で、その大胆かつ明敏なる告発者は、文字にかわる簡便な記号で印《しる》せばよいと、おもいついた。」

「それが印刷電信符号か。」

「ふむ。あれはひろく世におこなわれている記号だからの。新聞種にでもなれば、何百、いや、何千という郵便局員、なかんずく電信係が目にすることになろう。じっさい、その思惑《おもわく》どおりにことがはこんだことは、『江湖新報』の某《なんとか》氏がもうしておったのだろう？　ちがうか？」

「はい。写真を新聞に載せたところ、何十通かの投書があったそうで。あれは、電信符号ではないかと。」

ご隠居はそのこたえに、満足そうにうなずいて、ふんふん、

「そうであろう、そうであろう。しかしだ、まだ、いかにして地上百尺もの高さに、印をうつかという難題がある。そこでじゃ、阿閉君、おぬしならどうする？」

ちょろ万もちょろ万なりに、知恵をめぐらせて、うんうん、

「ええ〜、ただ塔に印を印すだけじゃなく、ちゃんと電信符号に即した位置に、打たねばならんのでしょう。かなり正確に。いや、それは六つかしいナ。」

「その解答《こたえ》はおぬしの目のまえにある。よくよく写真を見るがよい。なにか気づくはずだが。」

が、彼氏のごときが、くだんの古新聞を五分や十分そこら、にらんだところで、妙案がうかぶはずもなく、けっく音《ね》をあげて、しおしお、

「皆目、見当もつきません。いますこしお知恵を。」

「形を見ろ、形を。」

と、大家がそっけなくかえすと、店子はおそるおそる、かくもうしでて、

「ま、丸ですが……？」

「さよう。それぞれに位置はちがえど、皆、丸でしか印されておらぬ。しからば……」

その伝で、ようやっとひらきがついたものか、ちょろ万、ご隠居の後をついで、

「ま、まさか……鞠《まり》をほうりなげたのじゃ……？」

「惜しい。たしかに鞠は鞠だが、ただしたからほうりなげたのでは、あれほど正確に印すことはできぬ。まだなにか細工が要る。」

「鞠をただしき位置になげる方途か……？」

阿閉君、そういったきり、また五分ばかりも沈思《ちんし》にしずんでしまい、それに焦《じ》れたご隠居がとうとう、みずから種を割って、

「やはり、おぬしにはむりであったな。阿閉君、紐《ひも》さ、紐。鞠に紐をむすび、それをぶんまわし、遠心力をくわえ、あの高さまでなげあげたのさ。赤インキを塗った鞠をな。で、印すべき位置は、手にもった紐の長短で調節した。雨でしたの部分《ほう》がながれて判然としなくなったが、もし印があの倍もあったとして、それでも、すべてやりとげるに、二十分も要さなかっただろうて。じつに理にかなった細工よな。」

「すると、やっぱり犯人は男で？」

「まず相違ない。じっさいには手ずからなげるより、力を要さぬとはいえ、やはり女子にはむりだろう。男なればこそ、よもや官憲に見咎《とが》められたとして、開会前夜の残務とでもいえば、もうしひらきがたつしな。」

「それにしても、よほど義気《ぎき》にあふれたご仁だ。同輩の不正を見るに見かねて、さように大胆な仕かけを弄《ろう》するとは。可能なれば、じかに会って話を聞いてみたいものですナ。」

と、ちょろ万が感心したようにいうと、ご隠居は否と首をふって、

「まあ、あれが義気からでたものかどうか、儂にはなんともいえんが、余計な詮索《せんさく》はやめておいたほうがよい。そやつにしてみても世間にしられたくないゆえ、あえてあのような

派手なふるまいにでるほかなかったのだからの。そうでなくば、はじめから堂々と官憲や新聞に訴えでておったはずだ。あるいは、それが真の義気というものかもしれぬぞ。」

そんな月並みな年寄の説教が、めずらしく阿閉君のこころをうった、初夏の宵の珍事であった。

其ノ七【駒　込】

追ヒ縋《スガ》ル妖《アヤシ》ノ荒《アラ》縄《ナワ》

原町
原　町
理化学研究所
理研前
岩崎別邸
駒込富士前町
曙町
駒込曙町
東洋大学
土井邸
指ヶ谷町
白山社
南谷寺
大雲寺
日赤不動
駒込片町
富士神社
富士神社前
青果市場
吉祥寺町
白山上町
天栄寺
吉祥寺
吉祥寺町
神明町
駒込病院
浅嘉町
高林寺
蓬萊町
肴　町
動坂町
神明町車庫前
本郷中学校
蓬萊町
天台宗大学

通《とお》り悪魔《あくま》

踊り踊るなら、謡《うた》い謡うなら、
「ヤットナ、ソレ、ヨイヨイヨイ。
ヤットナ、ソレ、ヨイヨイヨイ。」（※）

戦時のうさ晴らしか、あるいは、お上《かみ》のお墨つきが効《き》いたものか、とまれ、歌詞に「花の都」と歌われた帝都はもとより、日本じゅうのラヂオが蓄音機《ちくおんき》が、「東京音頭《おんど》」ばかりを流していた夏——そう、それは昭和八年（一九三三）八月のこと。

この八月《なつ》は、赤狩りに防空大演習、赤痢《せきり》に天然痘《てんねんとう》の流行、おまけに上野《うえの》動物園の新名物、麒麟《キリン》の夫婦の公開と、まァ、いろいろあったわけだけれど、ここ、本郷《ほんごう》区駒込片町《こまごめかたまち》、肴《さかな》町のあたりは、そもそも、寺町、学校町とて、つねと変わらぬ、静かな朝をむかえんとしていた。とうに立秋《りっしゅう》をすぎたといえ、帝都は連日セ氏三十度の猛暑つづきで、この日もお天道《てんとう》さまが顔を見せるなり、かっと地面を熱し、朝の六時にはもう二十五、六度にも達するという陽気《おひより》。

駒込橋から帝大前へとぬける電車通りには、学生もお役人も工員とても、いまだすがたを見せないが、ちらほらと自転車に荷車引かせた者どもが、野良着《のらぎ》の背を汗で濡らして、せっせと道《さき》をゆく。その荷台には、大根、茄子《なすび》、玉蜀黍《とうもろこし》、葱《ねぎ》に蕃茄《とまと》に白瓜《しろうり》と、桃やら梨やら葡萄《ぶどう》やら、採《と》れたばかりの青物類《あおもの》が、山と積まれて。皆は旧の江戸三大市場の一、「駒込辻のやっちゃば」こと、駒込青果市場へとむかう途上《みちすがら》なので。

と、本通りへ脇筋《わきすじ》から雁首《がんくび》そろえてでて来た二人組、いずれも駒込神明《しんめい》町にて八百屋《やおや》を営む男衆で、ちっこいほうが「八百仙《やおせん》」こと、仙堂八十一《せんどうやそいち》。若造に見られることを嫌い、髭《ひげ》を生やかしているのだが、これがうまく生えそろわず、「ちょび」などともあだ名される、独身《ひとりみ》の三十三歳。かたや、八百仙の横にたつと、へんにひょろ長く見えるのが、「吉《き》っつあん」こと、中山吉之介《なかやまきちのすけ》。十人もの大所帯を養う大黒柱で、おん年三十八。このふたり、とりたてて馬があうというわけでもないのだけれど、割に年がちかいのと、少々客筋がちがうのとで、なんとか商売敵《がたき》とならずに、いつしか毎朝連れだって仕入れにゆくようになった間柄《なか》。で、

「いや、しかし、きょうも暑くなりそうな気配《あんばい》だなあ。」

「ああ、盆もすぎたし、もうちょいと、すごしやすくなってもよさそうなもんだが……そういえば、きのうよ、またれいのご婦人が店に顔をだしてな……」

などと、いつものように自転車押して、たわいもないお喋《しゃべ》りに興《きょう》じているふたりの

横——市電の線路をはさんで、ちょうど通りのむこう側——を、いやにそろそろと、追い越してゆく者がある。ついと見ゆれば、手ぬぐいを頰《ほお》かむりにして、顔はさだかならねど、かなりの年配者らしく、いかにも重たげに、身体《からだ》を前後に揺らし、ぎこぎこと耳ざわりな音をたて、懸命にペダルをこいでいる。

「なあ、吉っつあんよ、あれ、染井《そめい》の猪爺《いのじい》さんじゃねえか？」

と、八十一が顎《あご》をしゃくって、彼氏を指せば、吉之介も応とうなずき、目をほそめて遠目を利《き》かし、

「ああ、あれか？　そうだな。さて、どれどれ、爺さん、今朝はなにを持って来た？　ほう、木瓜《きうり》に茄子に夏大根か……おっ！　なんだ、ありゃ？　爺さん、妙なものを尻《けつ》に従えてやがるぞ！」

たしかに、彼氏の引く荷車の後《うしろ》、二米《メートル》ほどのところを、長さ一尺（約三〇糎《センチ》）ばかりのものが、ぴったりとついてゆくのが見てとれたので。

で、八百仙も首をかしげて、ごにょごにょ、

「あれが蛇じゃねえのはたしかだ。どうもこっからは荒縄らしく見えるが？」

「まあ、おおかた、途中で縄でも拾って来ちまったんだろうが……おっ！　八百仙、いまの見たか？　な、縄が、勝手に跳ねやがったぞ！　おっ！　ま、まただ！　なんだ、どう

いうこった？」

「ちいとばかし、気味がわりいな……」

その荒縄らしいのは、あたかも生けるがごとく、地面のうえを、ずるずる転がっては、ぴょんと跳ね、ぴょんぴょん跳ねたかとおもえば、またずるずると転がって、それを不規則にくり返すのだった。

「こっからは、なんにも見えねえが、ありゃ、なんに引っかかってんだろうな？」

との吉っつあんの疑問に、八百仙はしきりと首をふって、ぶつぶつ、

「い、いや、まさかな……？　でも、もしや、あれがいわゆる通り悪魔ってやつかもしれねえ……」

「なに！　通り悪魔だと！　ば、ばかをいうない！　だいたい、通り悪魔っていやあ、風のように寸《すん》の間《ま》に行っちまうってのが相場じゃねえか！　そ、それが……見ろ！　あんなふうに、ひとの尻をのろのろと追っかけて来るもんじゃねえ！　それによ、こんな朝っぱらからでるもんか！」

それでも両名は、くだんの縄が気になって仕方がないと見え、いささか早足になって、「染井の猪爺さん」こと、橋田猪造《はしだいぞう》の荷車の後を、縄の挙動をうかがいつつ、しばらくつけてゆくと、目赤不動《めあかふどう》で名高い南谷寺《なんこくじ》の門前あたりで、すう～と縄と荷車との間隔《きょり》がちぢ

まったかと見えるや、ふいと見えなくなってしまって。

「き、き、消えやがった！」

「こ、こりゃ、いよいよ、あやかし臭くなってきたぜ！」

で、吉っつあんと八百仙の二人組は、ああだこうだといいあいつつ、電車通りを渡って、天栄寺《てんえい》境内《けいだい》の市場までやって来ると、早速《さっそく》に猪爺さんを探しだすなり、人目をはばかるように墓地へとつれ出し、吉之介のほうが声をひそめて、ぼそぼそ、

「なあ、猪さんよ？　あんた、市《ここ》へ来る道すがらに、なんか引っかけて来なかったかい、え？」

猪爺さんはなにがなにやら判《わか》らぬといった表情《かおつき》で、陽に灼《や》けた皺《しわ》だらけの顔を、ぽかんと間のびさせて、ぽつぽつ、

「なにかといわれても……さて、わしには、とんとこころ当たりがないが？　ええ〜と、たしか、あんたは神明町の中山屋さんでしたな？　わしがなんぞ粗相《しくじり》をやらかしましたか？」

対して、吉っつあん、照れたような微笑《えみ》をうかべて、にやにや、

「ははは。いやな、粗相とかそういうわけじゃねえんだが……なに、大したことじゃなくってな。先刻、おめえさんがさ、なんかこう荒縄みてえなのを、引きずってるように見え

たのよ。それがさ、また妙な具合に跳ねたりしてな。で、その荒縄らしいのが、荷車に近づいてくように見えたとおもったら、ふうっと消えちまってさ。それがまあ、ちょうどお不動さんのまえあたりで……おい、どうしたい、猪さん?」

と、見る見るうちに猪爺さん、表情をこわばらせてゆくと、急に声をあららげ、吉っあんにむかいて、やいやい、

「あ、あ、荒縄だと〜! そ、そいつは、どういうつもりですかい、ええ、中山屋さん! いいてえことがあるなら、はっきりといいなせい! それで、いってえ、わしにどうしろと?」

いかにも朴訥《ぼくとつ》そうに見えた年寄の、あまりの急変ぶりに、こんどは若い二人組のほうがとまどってしまい、たがいを見やりて、おずおず、

「い、いや、猪さん、どうしろとか、こうしろとか、そういう話じゃなくってな。ただ……なあ、八百仙?」

「あ、ああ……」

して、猪爺さん、たいそう恐い目つきで、両名をぐっと睨《ね》めつけると、どすを利かせて、ぎしぎし、

「中山屋さん、八百仙さん、いいですかい? 金輪際《こんりんざい》、荒縄だの、お不動さまだの、変な

いいがかりはよしてくだせえ。あんた方は、こっちの事情を、なんにもしらんのですから。よろしいですな？」

二人組がことばにだせずに、ただ応々《うんうん》とうなずき返すのを見、猪爺さん、ひょいと手ぬぐいを頬かむりにすると、一歩、二歩とふみだし、またふり返って、つけつけ、

「それじゃあ、わしはこれで。もう一度、念押ししときますが、いいですかい、おふたりとも？　今後は二度といらぬ差し出ぐちを利かんでくだせえ！　では……」

墓地にとり残された両名は、しばし呆然《ぼうぜん》と猪爺さんの去りゆく背を見つめて、はたと我に返るやいなや、吉っつあんも八百仙も、口泡《くちあわ》飛ばして、ぎゃんぎゃん、

「いってい、なにさまのつもりだ〜、あの態度ときたら！　わざわざ、こっちが親切心から、ご注進《ちゅうしん》申しあげてやったってえのに……い、いらぬ差し出ぐちだと〜！　ちえっ！　覚えてやがれ！　二度とやつん畑《とこ》の出物なんぞ買ってやらぬからな！」

「畜生！　あの爺、俺たちを脅《おど》しつけてゆきやがったぜ！　とぼけやがって！　ありゃ、なんか裏があるにちげえねえ！　うん、そうだ、そうにちげえねえ！」

「おい、八百仙、裏とはなんだ？」

「は？　いや、そりゃ、なんか荒縄か、お不動さまにまつわる……ああ、そうだ！　そういや、たしか、あの爺さん……？」

と、八百仙のおもわせぶりに、吉っつあん、さきを急《せ》かせて、ぽんぽん、

「なんだ？　おめえ、こころ当たりでもあるってのか？　はやくいっちまいな！」

で、八百仙、同業者を見あげるようにして、ぺらぺら、

「なあ、吉っつあんよ、あんた、覚えてねえかい？　ほら、あの爺に婆さんがいたろ？一年くらいまえまでは、たまに市で見かけたじゃねえか？」

「ああ、そうだったかもな。で、それがどうした？」

「その婆さんがよ、先月だか先々月だかに、亡くなったって噂《うわさ》だぜ。たれかがあんまり見かけねえんで、爺さんに訊《き》いたらばさ、永《なが》らく病気で伏せってたのが、とうとう、おっ死《ち》んじまったとか。」

「へええ。しかし、それが、先刻のおかしな態度をどう説《と》くんだ？」

「いや、だからよ、お不動さまさ。」

「お不動さま〜？」

吉之介がすっ頓狂《とんきよう》な声をあげると、八十一、へんに真面目くさった顔つきで、声を落として、ひそひそ、

「ほら、あの婆さん、えらく信心に凝《こ》ってたろ？　おめえもなんどか見てるはずだぜ？たまに市《ここ》まで来てたのも、あそこのお不動さまにまいるためだったらしい。」

「すると、なにか？　おめえは、あの荒縄らしいのが、その婆さんの生まれ変わりかなんかで、爺さんの後をわざわざ引っついて来たとでもいうつもりか？　へっ！　こいつ、なにをいいだすかとおもったら……ばかばかしい！」

と、吉っつあんに鼻で嗤《わら》われたが、しかし、それでも、八百仙、必死に抗弁して、やいのやいの、

「生まれ変わりじゃねえさ！　どういうわけかしらねえが、あの荒縄に死んだ婆さんが憑《つ》いちまったんだよ！　霊魂《みたま》ってやつがさ！　だってよ、おかしいじゃねえか！　荒縄は目赤のお不動さまのまンまえで消えちまうし、爺さんはへんに食ってかかるし……」

すると、こんどは吉っつあんが、四方《あたり》をはばかり、相方を叱《しか》って、がみがみ、

「八百仙！　憑いただの、霊魂だのと、あんまり滅多《めった》なことをいうもんじゃねえぜ！　ここをどこだとおもってんだ！　墓地だぜ、おい！　まったく縁起でもねえ……」

「けどよ、荒縄にしろ、爺さんの態度にしろ、どうにも解《げ》せねえじゃねえか、なあ？」

「さ、ともかく、ここをでようぜ！」

「ああ……でも、ありゃあ、きっと婆さんの……」

「こいつ！　いつまでも、くだくだいってんじゃねえ！　そら、ゆくぞ！」

それで、一旦は打切りとなった、荒縄の怪話だが、それからも、幾度かふしぎが目撃さ

れ、またふたりの口端《くちはし》にのぼるようになったよし。

目赤不動《めあかふどう》

「その中山屋の姪《めい》っ子というのが、あたいが通っている洋裁学校の同級生なんですの。ねえ、へんな話でしょう？　荒縄の通り悪魔なんて？　玄翁《げんのう》先生や阿閉《あとじ》さんは、この話、どうおもわれます？」

と、事件《こと》の次第《てんまつ》を皆に語って聞かせたのが、臼井《うすい》はななる、年ごろ、十七、八の娘さん。もとは箱根《はこね》の旅館の女中だったのだが、ちいと委細《いさい》ありて、いまはここ、早稲田鶴巻《わせだつるまき》町の白圭館《はくけいかん》に下宿しつつ、駒込の洋裁学校に通う身のうえ。けして美人とはもうされぬが、ころころとよく笑う、屈託《くったく》のない笑顔が魅力的《チャーミング》で、呑気《のんき》かノンシャランか、はたまた「のんこのしゃあ（ずうずうしい）」か、とまれ、そのあだ名が「ノンコさん」。

「ほほう！　荒縄のごときすがたをした通り悪魔か！　ふむ、あれは、さて、『耳嚢《みみぶくろ》』だったか、『街談文々集要《がいだんぶんぶんしゅうよう》』だったか、あるいは『東遊記《とうゆうき》』だったか、ちいとさだかでないが、ともかく、儂《わし》はさような話、見聞きした覚えがあるぞ。」

と、該博《がいはく》さを鼻にかけるようなものいいをするのは、玄虚館《げんきょかん》、白圭館と二館の大家にして、「玄翁先生」とも「早稲田の幽人《ゆうじん》」とも称される、齢《よわい》七十五ばかりのお爺さん。長身痩軀《そうく》に白髪白髯《はくはつはくぜん》、まるで得道《とくどう》でもしたような仙人づらだけれど、小金《こがね》に細かいわ、古書に目がないわ、説教癖はあるわで、どっこい、世俗の垢《あか》にまみれたくち。安政《あんせい》六年（一八五九）の生まれで、名を間直瀬玄蕃《まなせげんば》といい、これまで数奇《すうき》な半生をおくってきて、それで、こんなひねくれた老爺《ろうや》が出来あがったよし。

「ええッ！　おんなしような話が？　で、ご隠居、ご隠居、それはいったい、どういった仔細《しさい》なんで？」

と、ばかにせっつく、この忙《せわ》しない小男、おん年二十七の、いささか年のいった、早稲田の書生さん。彼氏、よくうごく眼《まなこ》に、よくうごく舌の持ちぬしだが、いつも気ばかり焦《あせ》って、肝心の頭が追いつかぬので、なにごとも、ちょろっと手をつけちゃ、ほうりなげ——で、ついたあだ名が「ちょろ万《まん》」。上州《じょうしゅう》は碓氷《うすい》郡の山だしで、本名を阿閉万《よろず》、生業《なりわい》はやくざな文筆稼業、「変態心裏《へんたいしんり》」なる学術雑誌を筆頭に、あちこちに奇事怪事をおもしろおかしく書きちらし、それで小銭を稼《かせ》いでは、なんとかかんとかしのいでいる、その日暮らしの遊民渡世《ゆうみんとせい》。

そんな少々変わった三名が、夏の宵《よい》の縁側につどったならば、しぜん話は怪談めいて、かかる段とあいなった次第。

で、ご隠居、店子《たなこ》に急かされるまま、長ッ話をおっ始めて、たらたら、

「うろ覚えだが、まあ、だいたい、かような筋だったとおもう。下谷《したや》に住もうておった、さるお武家が……」

目黒《めぐろ》のお不動さまを信心し、毎月二十八日の縁日には、かならず参詣《さんけい》するよういたしておった——うんぬん、とまで、いいかけたところで、はや性急《せっかち》な店子が、茶々を入れて、わいわい、

「め、目黒不動〜！　それじゃあ、先刻の目赤とおんなし、五色《ごしき》不動のひとつじゃありませんか〜！」

玄翁先生、話を始めた途端に腰を折られ、むかっ腹をたてて、やいやい、

「これ、うるさいわ！　余計な茶々を入れるでない！　話はこれからだ。よいか、それでな……」

くだんの武士は、その日も早起きして、七ッ（午前四時）に下谷の家をでたつもりだったが、ちょうど日本橋《にほんばし》のあたりで鐘が鳴り、かぞえてみれば、いまがちょうどその七ツ時《どき》。で、一時《いっとき》（約二時間）ばかりも早すぎたことに気づき、しくじりを悔《く》いたが、出なおすのも面倒ゆえ、途中、芝口《しばくち》にある馴染《なじ》みの水茶屋にてやすむことといたし、そのまま、ゆっくりと歩いて行った。

ところが、ふいと気づくと、背後からざわざわと不気味な音。ふりむいて見れば、背後になにやら縄のごときもの。最初は気にもとめなかったが、それが武士の足にあわせて、早足にすすむと早く、足をとめると、おなじくとまるので。袴《はかま》の裾《すそ》になにかがからまったせいかと、しらべてはみたが、どうもそんな様子はない。蛇にしてはいやに執拗《しつよう》である。武士はうす気味わるくおもい、いっそさきをいそいで、ようよう水茶屋に着いた。が、まだ戸を閉ざしている。それでもなんとか家人を起し、一ト《ト》やすみさせてもらった。

さて、いざ武士が水茶屋を後にせんと、戸を開けると、そこにくだんの縄が落ちている。どうやら、武士がでて来るのを待っていたらしい。これはあぶないとさっし、武士はまた戸を閉め、水茶屋の亭主に、もうしばらくやすませてくれと頼んだ。そうして夜が明け、外をうかがうと、れいの縄はもはやどこにも見えない。それで水茶屋を発ち、目黒へとむかった。

その後、参詣も無事に済ませ、夕刻、また芝口を通りかかると、れいの水茶屋が閉まっている。武士はやけに早い店仕舞いだなと不審におもい、戸を見やれば、忌中の札が。まさか、あの亭主や女房ではあるまいなと、近所で話を聞いたところ……

「武家が出立《しゅったつ》いたした後、どうしたわけか、亭主が急に縄で首をくくり、自害したというではないか。それを聞いて、某《それがし》は不動明王《ふどうみょうおう》のご加護《かご》で、なんとか難を逃れたけれど、いや、しかし、あのまま、気にもとめずに、店をでていたらば……そう武家はおもいいたると、いっそ肌を粟《あわ》だたせたそうな。それぱっかり。」

と、ご隠居はしんみり話をむすんでみせたが、ちょろ万、ふいに頓狂な声をはっして、ちゃかちゃか、

「ぶ、ぶ、武士ではなくて、水茶屋の亭主に憑いたわけかァ〜! す、すると、やっぱり、その縄らしいのは、人外《じんがい》のものだったのだなァ〜!」

それに、ノンコさん、くすりと笑って、

「さあ、それはどうですかしら? あんがいにその縄は、凶事の前兆《しるし》みたいなもので、水茶屋のご亭主が自害なさることを、幻想のようにしてお武家さまにしらせていたのかもしれませんでしょう? あやかしのものを一概《いちがい》にこうときめつけては……」

が、阿閉君、またひとりでさきばしって、べらべら、

「しかし、ノンコさんの話とご隠居の話、江戸の往時《むかし》と昭和の御代《みよ》と、芝口と駒込と、時間《とき》と場所《ところ》の隔《へだ》たりはありますけれど、縄のことといい、お不動さまのことといい、じつにふしぎな暗合ですナ?」

すると、ご隠居、いつものごとくに、山羊《やぎ》髭をしごいて、ぼそり、

「はたして、暗合かどうか……」

すかさず、ちょろ万、膝《ひざ》を乗りだし、その餌《えさ》に食らいついて、がぶり、

「ええッ！　あ、暗合でない？　まさか、ご隠居、もう目処《めど》がついたので？　よもや、いまの芝口の話とおんなしように、れいの荒縄のせいで、こんどもひと死にがでるというのじゃ……？」

玄翁先生、それには頭をふって、ぴしゃり、

「いや。それは、もうでとる。」

「で、でてるって、たれが……？」

そこで、娘さん、年と顔に似合わぬ、意外な冴《さ》えを見せて、ずばりと、

「それはきっとお婆さんのことでしょう？　猪爺さんの？　ねえ、先生？」

ご隠居、ノンコさんに微笑《ほほえ》みて、しかりと、

「さようじゃ。」

「なァ〜んだ、そういうことか。我輩《わがはい》はてっきり、その荒縄を見てしまったとかいう、八百屋の連中のたれかかと。」

という、ちょろ万の早とちりに、玄翁先生とノンコさん、

「この、短気めが！　ひとの話をよく聞いておれ！」

「うふふ。万さんったら……」

して、ご隠居、おもしろくもなさそうな仏頂《ぶっちょう》づらで、枝豆を一《ト》房、また一《ト》房とくちに入れ、やおら険《けわ》しい目つきで、ふたりの店子にむかうと、ぴしゃり、

「こ度《たび》の事件、いや、事件というには、いささか大げさにすぎるか判らぬが、まあ、悪戯《いたずら》のぬしがたれであれ、その猪造とかいう爺さんには、はっきりと意図が通じたことはたしかだの。」

一瞬、ぽかんとした両名だったが、それぞれに玄翁先生の伝を反芻《はんすう》し、意味がしれるや、まずはちょろ万、ご隠居に食ってかかって、ぽんぽん、

「ちょ、ちょっと、ご隠居、藪《やぶ》から棒《ぼう》に、なにをいいだすンです？　悪戯ですって？　意図があるですって？　どうして、そんなことが……？」

つづいて、ノンコさん、大家に睦《むつ》まやかな目線をおくって、にこにこ、

「あたい、きょうこそは恐縮しました、玄翁先生。つまりは、こういうことですのね？　あの荒縄の怪事は、八百屋衆など、無関係な目撃者を介するによって、犯人は表にでる危険を冒《おか》さずに、猪爺さんを脅迫する意図だったと？　すると、その脅しはお金目当てでないことにもなりますけれど、それでよろしいのですか？」

ご隠居、ちょろ万とノンコさんの両名を見くらべて、一方には渋っつらで、否々《いらいら》と頭をふり、もう一方には優しげな微笑を返し、応々《ふんふん》とうなずき、

「まさしく、一を聞いて十を知るとは、この、おはなさんのことだの。それに引きかえ、阿閉君《こやつ》ときたら……まったく、いつまで経っても、目のつけどころが判らぬありさまだ！　たしかに、これからの未来は、女がつくるのかもしらんな。ふむ……」

十も年下の娘子にだしぬかれ、さすがにつら厚の阿閉君もめんもくがたたず、へそをまげて、ぷりぷり、

「我輩を蚊帳《かや》のそとにおいて、ふたりっきりで、なにをしったふうなことをいっているンです？　脅迫？　金目当てでない？　いったい、ぜんたい、どういう意味なんです？　我輩には、さっぱり……」

日ごろ目をかけている、愛弟子《まな》の不甲斐《ふがい》なさをおもいしらされ、ご隠居、長々と嘆息《たんそく》して、がっくり、

「やれやれ……まったく、おぬしというやつは……ほんとうに、おはなさんの話をしかと聞いておったのか？　よいか、猪爺さんとやらは、八百屋の衆から縄のことを聞かされ、ひどく驚き、また怒ったのだったな？　それは覚えておるじゃろう？　なればこそ、爺のほうにも、おもい当たるふしがあったゆえ、さような態度をとったに相違ない。しからば、それが犯人の狙いとしれる。」

「それとは……？」

ここまで委細をつくしても、まだ要領を得ぬ店子に、とうとう、ご隠居も腹をたて、嗄《しわが》れ声をはりあげ、ぎゃんぎゃん、

「このぬけ作めが、きまっておろうが！　それは荒縄に関することさ！　くだんの荒縄こそが、爺さんと犯人のあいだの了解事項なのじゃ！」

「して、その犯人とは……？」

「これ！　犯人の名や素性まで、どうして儂がしろうか！　この数寄屋《すきや》におって判るのは、まあ、せいぜい、荒縄が勝手に跳ねる仕かけと、それが消えたからくりくらいなものだ！　犯人がたれかしりたくば、おぬしが勝手に……」

それを聞いた、ちょろ万、急に麦酒《ビール》を喉《のど》につまらせ、ごほごほ。代わってノンコさんが、ご隠居にあい対して、まじまじ、

「先生は先刻の話だけで、そこまで見通せるのですか？　それだけは、あたいにも、まるで見当もつかなかったのに。どうか是非にもお聞かせくださいまし。」

それで、玄翁先生、なんとか溜飲《りゅういん》をさげ、鼻も高々に、ふんぞり返って、絵解きをくだくだ、

「ふん！　荒縄を勝手に跳ねさせるなどは、児戯《じぎ》にもひとしき、単純な仕かけぞ。それよりも、人前、しかも往来にて縄を消して見せるほうが、よほど六《む》つかしい。だがな、それ

もおかた、ひとの盲点をついたものだろうて。それよりかんがえられぬ。」

阿閉君、さきを促すように、鸚鵡《おうむ》返しに、

「も、盲点?」

ご隠居、店子を見据え、しかりとうなずき、

「さよう。つまりだ、見えておるのに、見えぬようにする趣向《くふう》さ。」

ノンコさん、生真面目《きまじめ》にも筆をとり、帳面をひらいて、

「すると、やはり荒縄になにかの細工《さいく》があって、それを利用して……?」

で、玄翁先生、酔いざましの冷茶をすすってから、大仰《おおぎよう》に腕を組み、ひとり合点《がてん》にうなずいて、ふんふん、

「もとより、荒縄にも仕かけがあろう。されど、それは跳ねるほうの細工さ。いま儂がいった盲点とは、犯人のほうじゃ。よいか、かんがえてもみろ? 手品をするには手品師が要《い》るな? ひるがえって、手品師なくては手品は見せられぬ。その手品とは縄を消し去るトリックであり、手品師とは犯人である。だが、八百屋衆には、その手品師が盲点にはいって、見えずにしまったので、当然、手品の種も判らずにしまった。と、まあ、おおかた、そんなからくりだろうよ。」

そんなご隠居の遠まわしの謂《い》いに、ふたりの店子はとまどい、独り言して、ぶつぶつ、

「八百屋衆には見えぬ犯人ですかァ〜？　それは同業者とか……？」

「先生の伝ですと、犯人は現場にいたわけですのね？　あの怪事はきまって、早朝の往来でのことでしたから……すると……あッ！　先生、もしや……？」

と、ノンコさん、ちょろ万にさき駆《が》けて、悟得《ごとく》にいたり、なにやらご隠居に耳うちして、ごにょごにょ。しからば、玄翁先生のほうも、いちいち、うなずいて見せ、ふんふん。で、ぴしゃりと一ト言、

「まずそれに相違なかろう。」

「では、先生、縄のほうは？」

こんどはご隠居のほうが、娘さんに耳うちして、ひそひそ、

「それはだの……」

「ああ、なるほど！　そうですわね、聞けば、たしかに簡単な仕かけですわ。」

「ふむ。」

またしても、ひとり蚊帳《かや》のそとに、おっぽりだされた阿閉君、しばらく我慢してきたが、ついに堪《こら》えきれず、短気を起こして、不平をならべて、ぶうぶう、わんわん、

「ああ〜、もう〜！　いらいらするぅ〜！　我輩を除者《のけもの》にして、なにをこそこそやっているンですぅ〜！　我輩にも……」

ところが、玄翁先生、ちらと柱時計を見あげると、あわてて下駄を履き、ステッキを手に内庭にいで、

「すまぬな、阿閉君。儂はちと他出《たしゅつ》せねばならぬ。筋はおはなさんから聞くがよい。では、またな。」

その背に、ちょろ万、捨て猫の悲鳴のような、母をさがす迷子《まよいご》の泣き声のような、なんとも情けない声で、

「ちょ、ちょっと〜、ご隠居ってば〜！」

その翌朝、往来にもまだ人気のない、早朝五時。

ところは駒込肴町、旧の中仙道《なかせんどう》と岩槻道《いわつき》の交わる四つ辻にて。

そこで、四人の若い男女が額を鳩《きゅう》して、なにやら相談ごと。

「ねえ、万さん！　なんで、こんな方々を連れて来たんですの？　目立って仕方ないじゃありませんか！　それに、この女《ひと》！　事件を新聞種にでもするおつもり？」

と、めずらしくノンコさん、声をあららげると、指されたほうの女は、体格の差をおもいしらせるように、ずいとまえへで、冷ややかに見下ろして、

「この女とは、ずいぶんと失礼ないいぐさじゃないかしら、小娘《ねんね》ちゃん。あなたこそ、ま

だお布団《ふとん》に潜っている時間じゃないの。お人形さんを抱いてね。ほほほほ！」

ご存じ、この高飛車《たかびしや》な女、「帝都《ていと》日報」紙の雑報記者にて、おん年二十四、身のたけ五尺と三寸（約一六〇糎）、赤毛に青い目の諸井《もろい》レステエフ尚子《しようこ》女史。背広の男装すがたはあい変わらずだが、今日は変装のつもりか、ステッキにパナマ帽、黒眼鏡とは、ちいとやりすぎ。そんな形《なり》ですら、はっきり女と判る、肉感的な肢体のぬしだから、いや、どうにも目立ってしまって。それをまったく、意に介さぬところが、この女の強腰《つよごし》なところ。

自分でまねいたこととはいえ、またしても女どうしのあらそいに巻きこまれ、たじたじなのが阿閉君。なんとかその場をおさめんと、多弁を弄《ろう》して、ぺらぺら、

「まァまァ、おふたりとも、そう目くじらをたてずに。ホラ、はなサンも犯人がどんな輩《やから》か判らぬでは、やっぱり味方は多いほうがよいじゃありませんか。それに尚子サンには、日ごろ、お世話になっておるし……尚子サンのほうも、はなサンは今回の怪事のからくりを見ぬいた俊才《しゆんさい》なので、どうか仲良くおねがいしますョ。で、おはなサン、こちらの頼もしい助《すけ》っ人《と》は……」

「某《それがし》、十市憲太郎《といちけんたろう》ともうす。」

と、野太い声のぬしは、まさしく容貌魁偉《ようぼうかいい》、およそ身のたけ六尺（約一八〇糎）、目方《めかた》も二十貫《かん》（七五粁《キロ》）、つるつるに剃《そ》りあげた光頭に、もしゃもしゃの鬚髯《しゆぜん》、くわえて高下

駄の袴なり、これで鉄の棒でももたせれば、さしずめ酒呑童子《しゅてんどうじ》か金太郎《きんたろう》かといった、偉丈夫《いじょうふ》なご仁。これ、じつは阿閉君の階下《した》の下宿人《じゅうにん》で、早稲田の応援団長で、柔術《やわら》に剣術あわせて五段という猛者《もさ》なので。

が、あんがいにもノンコさん、べつだん臆したふうもなく、

「ええ、あたい、存じあげておりますわ。玄虚館の方でしょう。なんどかお見かけしておりますもの。」

かくて、少年ならぬ青年探偵団の結成を見、早速、団長気どりの阿閉君、団員一同にむかいて、いわく、

「では、今回は挟撃《きょうげき》作戦で敵にむかうこととします。まずですナ、この我輩と尚子サンとで……」

しかるに、すぐにも横槍《よこやり》がはいって、ノンコさん、不機嫌づらで、ちくちく、

「ちょっと、そのまえに、あなた方おふたりに猪爺さんが判るのかしら？　青物を積んで、荷車を引いた年寄りが、かならずしも猪爺さんだけとはかぎらないし、今日も荒縄が追っかけてくるともかぎらないでしょう？　そうしたばあい、おふたりはどうやって猪爺さんを見わけるのかしら？」

それに、ちょろ万、ぐうの音《ね》もでなかったが、尚子嬢は即座に反撃にうつって、きんき

ん、

「へえ。そこまでおっしゃるなら、あなたには、そのお爺さんが判って？」

で、ノンコさん、してやったりとばかりに、にんまり笑って、

「ええ。あたいは、友人から猪爺さんの特徴を、逐一《ちくいち》聞いておりますもの。」

もはや詮方《せんかた》なく、阿閉君、尚子嬢との一ト時をあきらめ、尾行組と待伏せ組の一方を入れ替えて、

「ああ、それでは、まず我輩とはなサンが、富士《ふじ》神社前の停車場にて待ち、猪爺さんにも犯人にも気づかれぬよう、通りのむこう側から後をつけることとします。それで、尚子サンと十市君は南谷寺のさき、いまそこに見えている天栄寺の門前にて待ちかまえ、我輩らが合図を送ったら、犯人の行く手をさえぎってください。ええ、それで犯人を前後から挟《はさ》み撃《う》ちにします。」

それに団員一同、めいめいに、

「しかと承知いたした。」と、十市君。

「本当にうまくゆくのかしら。」と、尚子嬢。

「ねえ、女記者さん？　なんなら、帰られてもかまわないのよ。」とノンコさん。

ちょろ万、険悪な雰囲気をさっし、むりにもノンコさんの手を引っぱって、

「では、十市君、尚子サン、のちほど。」

で、待つこと小一時間、何年ぶりかの早起きに、つい、うとうとしていた阿閉君、袖を引かれて、がばと身を起し、ノンコさんの指さすほうを見やれば、ほんの二米《メートル》ほどさきを、手ぬぐいを頬かむりにした、ひとりの自転車乗りが。

「たぶん、あれが猪爺さんよ。さあ、ゆきましょう。」

「え、ええ……」

よくよく見れば、なるほど、たしかにその自転車乗りは荷車の後に、ぴょんぴょん跳ねる、荒縄らしいものを引いている。で、ノンコさんと阿閉君、すこしく小走りになって、その後を追いかけはじめるや、しぜん、往来をゆく早出《はやで》の大工《だいく》や、朝のお勤《つと》めにはげむ僧侶たちを追いこし、南谷寺目赤不動のちかくまでやって来て、ようよう足をとめた。すると、案のじょう、荒縄はいっそ荷車に追いすがって、はたと気づけば、もう見えなくなってしまって。が、猪爺さんは、そんなことはつゆもしらず、そのまんま、電車通りをくだり、角をまがって市場のなかへ。

さて、ちょろ万とノンコさんが、南谷寺の門前に着くなり、そのちょっとさきから、怒声があがって。

「な、なんだ、貴様らは！　俺をどうしようってんだ！　そこをどかぬか！」

十市君と尚子嬢に行く手をはばまれ、進退きわまり、怒声をあげているのは——なんと、頭をきちんとまるめた、黒衣の僧侶だったので。

して、阿閉君、その背後へ静かにしのび寄ると、ありったけの声をふりしぼって、ぎゃんぎゃん、

「あ、あんたが、猪爺さんの荷車に悪戯をした張本人だな? あんたが弄した小細工はすべて判っておるぞ! いいかげんに観念して名乗りたまえ!」

それにふりむいたご仁は、顎《あご》のさきに刃傷《にんじょう》を残す、四十がらみのこわもてで、表情《かお》に微塵《みじん》も臆したふうはなく、それどころか、阿閉君の人品《じんぴん》をあらためるように、うえからしたまで睨《ね》めつけ、で、袖ぐちからなにやらとりだすと、それを探偵団長の鼻さきにつきつけ、かく素性を明かしたのだった。

「貴様らこそ何者だ? いいか、俺はな……どうだ、これを見ろ! 警視庁巣鴨署の刑事で、喜多川《きたがわ》順《すなお》巡査部長だ!」

それに団長をのぞいた三名は、声をそろえて、驚きをあらわにし、

「ええ〜ッ! け、刑事〜!」

かたや、肝心の探偵団長のほうだが、これは逃亡生活に疲れはて、自首してでた手配人のように、無言のまま、がっくりと肩を落としている始末。いやはや、なんとも、お粗末

な幕切れで。

怪事始末《かいじのしまつ》

かくて、にわか探偵団四名と、真正《しんしょう》の探偵らしい一名は、南谷寺境内の目赤不動のまえにて陣どり、いざ決着をつけんとあい対し——で、まずは僧形の刑事が口火をきって、がみがみ、

「こら、おまえたち！　なにを勘違いしておるかしらぬが、よく聞くんだ！　いいか、あの爺はな、妻ごろしなんだよ！　病身の婆が邪魔になって、荒縄で縊《くび》りころしたのさ！」

権威——なかんずく、男のそれには滅法《めっぽう》つよい尚子嬢、売られた喧嘩《けんか》（じっさいには売ったほうなのだが）は買おうじゃないのさといった口調《くちぶり》で、きんきん、

「そんなら、どうして捕まえないのよ！」

すると、痛いところを突かれたか、喜多川刑事、すこしく態度をやわらげ、愚痴をぶつくさ、

「ふん！　おえらい検事さまがな、十分な証拠がねえといいやがったのさ。俺からすりゃ、十分すぎるほど十分なんだがな。だいたい、一年ちかくも病床に伏せってた年寄が、

三寸（約一〇糎）も跳べるか、な？」

と、同意をもとめられた探偵団長、なにがなにやら判らぬまま、ついつい同じてしまい、むにゃむにゃ、

「まァ、それはむりでしょうな。」

その委細を問うたのも、やっぱりノンコさんで、刑事のこわもてにもひるまず、眦《まなじり》きりりと、

「三寸って、いったい、それはなんのことですの？」

刑事は「おめえらがしらぬのもむりはねえや。」というと、つづけて、

「あの爺はな、婆を首吊り自殺に見せかけて、つい、てめえの背たけにあわせちまったのさ。ところがだ、輪っかの位置を婆の背たけでなく、つい、てめえの背たけにあわせちまったもんだから、三寸ばかりもあわなくなった。手近に足場になるものがいっさいねえのによ。ふん！　俺からすりゃ、とんだドジをふんだもんだが、検事さまは、背伸びをすればとどかぬ高さじゃないとぬかしやがるし、爺のほうも頑《がん》としてくちを割らねえときてる。」

それに、またまた、ノンコさん、しゃばりでて、ぴしゃり、

「それで、刑事さんはにっちもさっちもゆかなくなって、荒縄で猪爺さんを追いつめ、なんとか自白をさせようと、あんなひどい悪戯を仕くんだのね？」

「は、はなサン！」と阿閉君。

だが、喜多川刑事は、まるでわるびれたふうもなく、鼻で嗤《わら》い飛ばし、

「ふん、そうともさ。どんな事情があるにせよ、ひとごろしは、ひとごろしだ。見逃すわけにはゆかねえ。それが俺の仕事だからな。」

ノンコさんもノンコさんで、すっぽんのように、食いついてはなれず、

「だからって、こんなこと、刑事にゆるされるの？　ただの嫌がらせじゃないの？　それとも、ただ自分の成績をあげたいばかりに……？」

可愛らしい娘さんの謂いだけに、刑事のほうも手をあげるにあげられず、残る三人のほうにむかって、わんわん、怒鳴りちらし、

「おい、なんだ、この小娘は！　俺に説教をするつもりか！　なんにもしらねえくせに！　俺だってな、女房を病気で亡くしてるんだ！　妻《あれ》も結核で五年も苦しんだすえに、一昨年《おととし》の秋……」

いいかげん、よせばいいのに、ノンコさん、いやにむきになって、刑事の挙げ足をとり、ねちねち、

「でも、結核なら病院か療養所に入ったのではないですか？　だとしたら、刑事さんは猪爺さんのように、つきっきりで世話をしていたわけではないのでしょう？　あたい、間違

ってますかしら？」

どうしたことにか、ふいに喜多川刑事、しょぼんと凹《へこ》んで、返答に窮《きゅう》し、へどもど、

「そ、そいつは、そうだが……しかし、ころしは、ころしで……」

はたして、ノンコさん、最後のとどめとばかりに、ぴしゃっといい渡し、

「刑事さん、れいの荒縄をお渡しくださいな。それで、もう、あたいたちも、この件に首を突っこまぬと誓いますから。けれど、もしお渡しくださらぬというなら、このきれいな女の方、じつは新聞記者なので、刑事さんのことが世間にしれてしまうかもしれません。それでもよろしいの？」

喜多川刑事は着物の左袖から、荒縄を引きずりだすと、それを素直にノンコさんへ手わたし、一《ト》言も返すことなく、境内を後にしようとするのだったが、けっく、たれもそれをとめずにしまった。


その夕、玄虚館の裏手の数寄屋《すきや》にて。

そこの縁側に、玄翁先生、ちょろ万、ノンコさんと、れいの三人組が顔をそろえ――

で、やっぱり、阿閉君がその朝の探偵談をまくしたて、べらべら、

「いやもう、はなサンときたら、刑事をむこうにまわして、新聞沙汰《ざた》にするわよ、な〜ん

て大見得《おおみえ》をきっちまうンですから、驚いたのなんのって！　もっとも刑事も刑事で、こっちに弱味をにぎられてるもンだから、ぐうの音もだせずに、すごすごと引きさがるほかなかったんですがネ！　いや、しかし、はなサンの押しのつよさには、我輩もまいったなァ！　あの尚子サンも顔まけですョ！」

して、ご隠居、刑事からぶん捕った、れいの荒縄を手にしつつ、長々と怪事の絵解きをして、ごてごて、

「なるほどの。やはり釣り糸《テグス》のたぐいであったか。強靭《きょうじん》で細く、色もうすい。釣り糸《これ》なればこそ、見えぬわけだ。で、どれどれ、こうして荒縄を解《ほど》いてみれば……どうだ、阿閉君、見たまえ。ほれ、儂のもうしたとおりじゃろう。小石が、ひい、ふう、みいと、三つもはいっておる。これが地面のわずかな凹凸《おうとつ》でも、荒縄が跳ねる細工《しかけ》さ。じつにたわいもない。ふふふふ。」

ひとりノンコさん、あまり冴えない表情で、ぼそぼそ、

「先生の『早朝の寺町にて、もっともありふれた人種こそが犯人、して、それは僧侶にしくはない』というのには感心しましたけれど、それが刑事の変装とは、さすがにあたいも、びっくりしました。それに、猪爺さんの自転車よりさきまわりして、追い越される一瞬に、縄を回収するのにも。ほんとうに、そこまで手のこんだことをするだなんて。いく

ら殺人犯をのがしたくないからって……」

玄翁先生、孫娘をなぐさめるように、やさしく声をかけ、

「あるいは、その刑事も病床の妻をころしたいとか、邪魔な存在だとおもったことがあるのかも判らぬ。それゆえ、いっそ猪爺さんが憎くてならんのだろう。鏡のなかのおのれを見るようでな。まあ、刑事とて人間だ。理屈では判っておっても、感情がおさえきれぬこともあろう。」

それでも、ノンコさん、まだ割りきれぬらしく、ご隠居にすがるような、憂《うれ》いの眼差《まなざ》しをむけて、

「でも、猪爺さんは、あの刑事さんがいうように、ほんとうにお婆さんをころしたんでしょうか？　あたい、どうにもそれが気になって……」

「さてな。儂にはなんともいえん。それればかりは、当人にしか判らぬ。」

すっかり日も落ち、すこしく風もたち、こころなし、さびしげな気配のただよう縁側に、率然、けたたましい奇声がこだまし、

「まァ、なにはともあれ、一件落着ですナ。ほらほら、おふたりとも、しょんぼりしずんでないで、祝杯、祝杯！　サァ、いきますぜ、乾杯～！」

能天気なちょろ万のおふざけに、いくらか座も華《はな》やいで、

「ふふ。ほんと、万さんはお気楽なひとね。」

「あれにはほかに取《と》り柄《え》がないでの。いたし方あるまい。」

かくて、その夜はおそくまで、縁側怪談に花が咲いたよし。


が、その三日後、「帝都日報」紙の雑報欄に、かかる見出しが躍ったのを、当のちょろ万、目にするやいなや、大家の数寄屋に駆けつけて、わいわい、

「ご、ご、ご隠居、こ、これを！　この記事によれば、どうしたわけか、あれからまた、れいの荒縄がでたらしいンですヨ〜！　い、いったい、これはどういう……？」

——妻の霊魂が縄に宿りて夫を追ふの怪——
荒縄に追はれた老農夫、
日中の往来にて発狂す！

しかるに、玄翁先生、熱心に記事を読みふけると、ぼそり、

「ふむ。もしや、あの猪爺とやら、ほんとうに婆をころしておったのかもしれぬな。それ

ゆえ、また……おや、あれは、さて……？」

と、いったきり、ふいと、くちをつぐんでしまって。

それに阿閉君も耳をすませると、どこかしら耳おぼえのある、にぎやかなるお囃子《はやし》が聞こえてき、それに大家と店子は、一種、目まいにも似た、夢ともうつつとも判然とせぬ、ふしぎな境地にいたるのだった。

ドンドン、ジャラジャラ、ドン、ジャラジャラ。
ドンドン、ジャラジャラ、ドン、ジャラジャラ。
ドンドン、ジャラジャラ、ドン、ジャラジャラ……

※「東京音頭」作詞・西条八十（昭和八年）

【参考文献（区史、町史、村史、新聞の類は除く）】

「浅草六区」台東区文化財専門委員会監修　台東区教育委員会　昭和六十二年
「江戸と東京　風俗野史」伊藤晴雨　有光書房　昭和四十二年
「震災記念　大慈大悲浅草観音霊験記」桜井均編　春盛堂書店　大正十二年
「浅草案内誌」佐伯徳海編　金龍山梅園院　明治三十六年
「風俗画報」明治二十三年六月十日号・同八月十日号
「明治の演芸（四）」国立劇場調査養成部芸能調査室編刊　昭和五十八年
「浅草裏譚」石角春之介　文芸市場社　昭和二年
「明治風俗史　下巻」藤澤衛彦　三笠書房　昭和十七年
「明治事物起源7」石井研堂　筑摩書房　一九九七年
「東京の坂道」石川悌二　新人物往来社　昭和四十六年
「東京の橋」石川悌二　新人物往来社　昭和五十二年
「中央区年表」東京都中央区京橋図書館編刊　昭和五十七年
「開橋記念　日本橋志」東京印刷株式会社編刊　明治四十五年
「東都新繁昌記」山口孤剣　大空社・一九九二（大正七）年

「日本橋界隈の問屋と街」白石孝　文眞堂　平成九年
「日本橋街並み商業史」白石孝　慶応義塾大学出版会　一九九九年
「東京　伝説めぐり」戸川幸夫　駿河台書房　昭和二十七年
「東京民話」朝日新聞社会部編　角川書店　昭和三十一年
「東京故事物語」高橋義孝編　河出書房　昭和四十三年
「新宿の今昔」芳賀善次郎　紀伊国屋書店　一九七〇年
「ガイドブック新宿の文化財（6）伝説・伝承」新宿区教育委員会編刊　昭和五十七年
「博覧会の政治学」吉見俊哉　中央公論社　一九九二年
「日本博覧会史」山本光雄　理想社　昭和四十五年
「暗号の秘密」長田順行　菁柿堂　昭和四十九年

解説――合理と情念の間にたゆたう蠱惑《こわく》的な都市

文芸評論家　細谷正充《ほそやまさみつ》

本書『夭都《ようと》七事件』は、本文庫で刊行されている『冥都《めいと》七事件』に続く、シリーズ第二弾である。昭和初期の東京を舞台にした、レトロでモダンな連作ミステリーだ。作品の内容に入る前に、まずは物集《もずめ》作品のデビューから現在までの軌跡を俯瞰《ふかん》してみたい。物集高音《たかね》は、一九九九年五月、講談社ノベルスから刊行された『血食《ケツショク》　系図屋奔走《ほんそう》セリ』でデビュー。これは昭和三年を舞台に、探偵社を営む系譜学者・忌部言人《いんべことんど》と、友人の物集高音が、奇怪な事件に巻き込まれるというものであった。昭和初期のレトロな雰囲気。系図学と紋章学の話から滲《にじ》み出るディレッタンティズム。明治の実在の事件が、現在の事件に関係してくるという構成。本シリーズでも色濃く表れている作者の特徴は、デビュー長篇からすでに確立されていたといっていいだろう。

鮮烈なデビューを飾った作者だが、その後の執筆ペースは、非常に緩《ゆる》やかだ。二〇〇一年に『冥都七事件』と、都市伝説・民俗学を題材にした「第四赤口《しゃっく》の会」シリーズ第一弾『赤いマント』。〇二年に本書。〇三年に「第四赤口の会」シリーズ第二弾『吸血鬼の

『壜詰』。〇五年に本シリーズの完結篇となる『亡都七事件』。以上六冊が、現在（二〇〇七年二月）までの全著作なのだ。一年一冊にも満たない、超スローペース。とにかく寡作な作家なのである。

まあ、作品の執筆ペースなど、他人がとやかくいうことではない。ただ、本シリーズを読むと、寡作になるのも無理はないと思えてしまう。なぜなら、作品の凝《こ》り方が尋常ではないからだ。舞台・題材・文体、そのどれもが凝りに凝っているのである。

たとえば舞台。昭和初期の事物が、丹念に調べられている。前著『冥都七事件』の最終話「天ニ凶《ワザワイ》、寿《コトホ》グベシ」は、東京が三十五区になった記念日に起きた怪事件を描いたものだが、当日の描写にこんなものがある。

「かたや、葛飾《かつしか》区本田《ほんだ》町、汚職さわぎで、おいわいどころじゃない。学校建築の不正問題にからみ、町長町議ら、そっくり引致《いんち》され、事務の引きつぎさえできぬ始末。間もわるいが、体裁《ていさい》もすこぶるわるい」

たった三行のこの文章を書くために、どれだけの史料の博捜が必要なことか！　たしかな考証があればこそ、平成の現在と隔絶した、昭和初期が身近に感じられるのだ。エログロナンセンスが流行《はや》り、軍部が台頭してきた、不思議で濃密な世界に遊ぶことができるのである。

あるいは題材。本書冒頭に収録されている「死骸《ムクロ》、天《アマ》ヨリ雨《フ》ル」。阿閉《あとじ》君が持ち込んだ、明治の事件は、人造富士山で賑《にぎ》わう浅草《あさくさ》で、少年の首無し死体が降ってくるという奇々怪々なもの。当然のごとく玄翁《げんおう》先生が解決するわけだが、そこで人造富士山が事件と密接な関係をもっていたことが明かされる。この人造富士山、手元にある小学館の『江戸東京年表』の明治二十年十一月六日に「浅草公園六区に、高さ32ｍ・裾回り270ｍの張子《はりこ》の富士山を作り、望遠鏡を備えた興行が出る」とあるように、実在した建造物である。このように本シリーズでは、実際の出来事や事件が、あるときは直接、あるときはモデルとして使われている。時代と場所が、ミステリーの謎と、しっかりリンクしているのだ。各話の手の込んだ仕掛けに、喜ばずにはいられない。

そして文体。講釈調というべきか。声に出して読むと、とてもリズミカルであることが実感できる、独特の文体である。また、現在では死語になってしまった言葉が、ポンポン飛び出て、昭和初期のムードを盛り上げる。いやしかし〝初《しょ》っ切り〟なんて言葉、久しぶりに読んだなあ。最近、時代小説にすら出てきやしないのだ。こうした言葉の選択だけで、どれだけ時間がかかるか、想像するだに怖ろしい。これだけ凝ったことをしていれば、そりゃあ寡作にもなろうというものだ。

さて、前フリが長くなりすぎた。そろそろ登場人物を紹介しよう。主要な人物は、阿閉万《よろず》と間直瀬玄蕃《まなせげんば》のふたり。「ちょろ万《まん》」こと阿閉万は、二十六歳の早大文科の学生だ。しかし学業そっちのけで、三文雑誌の探訪記事や、明治の奇事異聞の抄録《しょうろく》などを執筆して、小遣《こづか》い稼《かせ》ぎの遊民渡世。奇怪な事件の話を仕入れては、下宿の大家・間直瀬玄蕃に謎解きをしてもらっている。それを売りにした『新聞集成　明治怪事件録』を出版したところ、ちょっとした当たりをとった。いうなれば「シャーロック・ホームズ譚《たん》」におけるワトソン役だが、お調子者な言動を見ると、むしろ銭形平次《ぜにがたへいじ》の子分・がらっぱちの八五郎といいたくなる。

一方、玄翁先生こと間直瀬玄蕃。早稲田鶴巻町《わせだつるまき》の安下宿「玄虚館《げんきよ》」の主人で、かぞえ七十四の老人。肩までかかった総髪と、臍《へそ》まで伸ばした顎鬚《あごひげ》を見れば仙人風だが、武術の達人で、若い頃はなかなかの暴れん坊だったようだ。阿閉君の持ち込む事件の謎を、縁側に座ったままで鮮《あざ》やかに解く〝縁側探偵〟である。実地調査に赴《おもむ》くことなく、話を聞くだけで謎を解く、いわゆる安楽椅子探偵の昭和版だ。かなりとんでもない人物であるのだが、その辺りのことは『冥都七事件』を読んだ人は、先刻ご承知であろう。

このふたりに、阿閉君の師で学術雑誌「変態心理」の主筆兼発行人をしている鏑木小杏《かぶらぎこきょう》博士と、二流新聞の雑報記者で阿閉君の憧《あこが》れの君である諸井《もろい》レステエフ尚子《しょうこ》が、準レギュラーとして、たまに絡んでくる。また「死骸、天ヨリ雨ル」に出てきた「ノンコさん」こと臼井《うすい》はなという少女が「子ヲ喰ラフ脱衣婆《ダツエバ》」から「玄虚館」の下宿人になり、見事レギュラー入り。阿閉君よりも鋭い推理能力を発揮してくれる。ワイワイガヤガヤ、一段と賑やかになった登場人物のやりとりも、楽しい読みどころだ。

もちろんミステリーの魅力も忘れられない。坂道を飛び跳ねながら、どんどん増えていく髑髏《どくろ》の怪を描いた「坂ヲ跳ネ往《ユ》ク髑髏《サレコウベ》」。結婚祝いに贈られた絵に描かれた新妻が、日に日に老《お》いていく「画美人、老ユルノ怪」。衆人環視の日本橋《にほんばし》の中央で、泥棒が消えてしまう「橋ヨリ消エタル男」。平和記念東京博覧会の平和塔に付けられた不思議な印の謎を解く「血塗ラレシ平和ノ塔」……。収録作は、不可能犯罪と、不可解な事件のオンパレードだ。魅力的な謎にドキドキ。ミステリーの面白さが、ぎっしりと詰まっているのだ。

さらに、合理的な解決の後に、理屈で割り切れないラストを持ってくる作品が多いことも、注目に価《あたい》する。「画美人、老ユルノ怪」「子ヲ喰ラフ脱衣婆」「追ヒ縋《スガ》ル妖《アヤシ》ノ荒縄」などがそうである。ここには人間というものの分からなさ、そしてそのような人間が集まって造られた都市が、必然的に醸《かも》しだす妖しさが託されているのではないだろうか。合理と情念の間にたゆたう、あまりにも蠱惑《こわく》的な都市。それこそが物集高音の紡《つむ》ぐ、大東京三十五区なのである。

先にもちょっと触れたが、東京が三十五区になったのは、昭和七年のこと。そして三十五区から二十二区になったのが、昭和二十二年である（その後、練馬区が板橋区から分立し、二十三区となる）。大東京三十五区が生まれてから消えるまで、たった十五年しかなかったのだ。まさに夭折した都市、夭都といえるだろう。その夭都で起きる怪事件をたっぷりと楽しんでいただきたい。

（本書は平成十四年十月、小社から
四六判で刊行されたものです）

天都七事件

一〇〇字書評

切り取り線

購買動機（新聞、雑誌名を記入するか、あるいは○をつけてください）	
□（　　　　　　　　）の広告を見て	
□（　　　　　　　　）の書評を見て	
□ 知人のすすめで	□ タイトルに惹かれて
□ カバーがよかったから	□ 内容が面白そうだから
□ 好きな作家だから	□ 好きな分野の本だから

●最近、最も感銘を受けた作品名をお書きください

●あなたのお好きな作家名をお書きください

●その他、ご要望がありましたらお書きください

住所	〒				
氏名		職業		年齢	
Eメール	※携帯には配信できません	新刊情報等のメール配信を希望する・しない			

あなたにお願い

この本の感想を、編集部までお寄せいただけたらありがたく存じます。今後の企画の参考にさせていただきます。Eメールでも結構です。

いただいた「一〇〇字書評」は、新聞・雑誌等に紹介させていただくことがあります。その場合はお礼として特製図書カードを差し上げます。

前ページの原稿用紙に書評をお書きの上、切り取り、左記までお送り下さい。宛先の住所は不要です。

なお、ご記入いただいたお名前、ご住所等は、書評紹介の事前了解、謝礼のお届けのためだけに利用し、そのほかの目的のために利用することはありません。またそのデータを六カ月を超えて保管することもありませんので、ご安心ください。

〒一〇一－八七〇一
祥伝社文庫編集長　加藤　淳
☎〇三（三二六五）二〇八〇
bunko@shodensha.co.jp

祥伝社文庫

上質のエンターテインメントを！　珠玉のエスプリを！

祥伝社文庫は創刊15周年を迎える2000年を機に、ここに新たな宣言をいたします。いつの世にも変わらない価値観、つまり「豊かな心」「深い知恵」「大きな楽しみ」に満ちた作品を厳選し、次代を拓く書下ろし作品を大胆に起用し、読者の皆様の心に響く文庫を目指します。どうぞご意見、ご希望を編集部までお寄せくださるよう、お願いいたします。

2000年１月１日　　祥伝社文庫編集部

大東京三十五区《だいとうきょうさんじゅうごく》　夭都七事件《ようとななじけん》　探偵小説

平成19年３月20日　初版第１刷発行

著者　物集《もずめ》高音《たかね》

発行者　深澤健一

発行所　祥《しょう》伝《でん》社《しゃ》
東京都千代田区神田神保町3-6-5
九段尚学ビル　〒101-8701
☎03（3265）2081（販売部）
☎03（3265）2080（編集部）
☎03（3265）3622（業務部）

印刷所　萩原印刷

製本所　明泉堂

ISBN978-4-396-33340-9　C0193

祥伝社のホームページ・http://www.shodensha.co.jp/

祥伝社文庫

物集《もずめ》高音《たかね》
冥都《めいと》七事件
昭和の初め帝都で起こる奇妙な事件の真相は…レトロでモダンで猟奇《エログロ》、罠《トリック》と論理《ロジック》が冴《さ》える探偵小説の真骨頂！

綾辻行人
緋色《ひいろ》の囁《ささや》き
名門女子校で相次ぐ殺人事件。転校して来たばかりの冴子《さえこ》に、疑惑の眼が向けられて…。殺人鬼の正体は!?

綾辻行人
暗闇の囁き
妖精のように美しい兄弟。やがて兄弟の従兄《いとこ》とその母が無惨な死を遂げ、眼球と爪《つめ》が奪い去られた…。

綾辻行人
黄昏《たそがれ》の囁き
「ね、遊んでよ」謎の言葉とともに殺人鬼の凶器が振り下ろされた。兄の死は事故として処理されたが…。

伊坂幸太郎
陽気なギャングが地球を回す
嘘を見抜く名人、天才スリ、演説の達人、精確無比な体内時計を持つ女。史上最強の天才強盗四人組大奮戦！

歌野晶午
生存者、一名
絶海の孤島に閉じ込められた5人が1人また1人と殺されていく…犯人は？そして最後に生き残ったのは？

祥伝社文庫

歌野晶午
館《やかた》という名の楽園で
「奇妙な殺人は、奇妙な館で起こるのが定説です」あなたを待ち受ける〈殺人トリック・ゲーム〉の恐怖！

小野不由美
黒祠《こくし》の島
失踪した作家を追い、辿り着いた夜叉島、そこは因習に満ちた〝黒祠〟の島だった…著者初のミステリー！

折原 一
樹海伝説 騙《だま》しの森へ
「森へは行くな！」そしてまた、ひと組の男女が…過去と現在が共鳴し錯綜する、驚愕のミステリー！

折原 一
鬼頭家《きとうけ》の惨劇 忌《い》まわしき森へ
一冊のノートの発見で十年前の事件がふたたび甦る…。五転六転の罠。真相は？『樹海伝説』に続く第二弾。

恩田 陸
不安な童話
「あなたは母の生まれ変わりです」変死した天才画家の遺子から告げられた万由子《まゆこ》。真相を探る彼女に、奇妙な事件が…

恩田 陸
puzzle（パズル）
無機質な廃墟の島で見つかった、奇妙な遺体たち！ 事故か殺人か、二人の検事が謎に挑む驚愕のミステリー

祥伝社文庫

恩田 陸　**象と耳鳴り**

「あたくし、象を見ると耳鳴りがするんです」婦人が語る奇怪な事件とは……ミステリ界〝奇蹟〟の一冊。

鯨 統一郎　**なみだ研究所へようこそ！**

幼い容姿にトボけた会話。彼女は伝説のサイコセラピストなのか？　波田先生の不思議な診察が始まった…

鯨 統一郎　**謎解き道中**　とんち探偵一休さん

一休は同じ寺に寄宿する茜の両親を捜すため侍の新右衛門と三人で旅に出た。道中で待ち受ける数々の難題。

近藤史恵　**カナリヤは眠れない**

整体師が感じた新妻の底知れぬ暗い影の正体とは？　蔓延する現代病理をミステリアスに描く傑作、誕生！

柴田よしき　**ふたたびの虹**

小料理屋「ばんざい屋」の女将の作る懐かしい味に誘われて、今日も集まる客たち…恋と癒しのミステリー。

柴田よしき　**観覧車**

新井素子さんも涙！　失踪した夫を待ち続ける女探偵・下澤唯。静かな感動を呼ぶ恋愛ミステリー。

祥伝社文庫

柄刀《つかとう》 一《はじめ》　幽霊船が消えるまで

旅を続ける龍之介が乗り込んだ幽霊が出るという貨物船。そんな船で宝石盗難事件。現場に龍之介の指紋が！

柄刀 一　十字架クロスワードの殺人

富豪三兄弟の骨肉の争いに巻き込まれた龍之介たち。孤立した山小屋と地下室で次々と起こる奇怪な事件。

法月綸太郎　一の悲劇

誤認誘拐が発生。身代金授受に失敗し、骸《むくろ》となった少年が発見された。鬼畜の仕業は誰が、なぜ？

法月綸太郎　二の悲劇

単純な怨恨殺人か？ ＯＬ殺しの容疑者も死体に…翻弄される名探偵法月綸太郎を待ち受ける驚愕の真相！

本多孝好　FINE DAYS

死の床にある父から、僕は三十五年前に別れた元恋人を捜すよう頼まれた…。著者初の恋愛小説

横山秀夫　影踏み

かつてこれほど切ない犯罪小説があっただろうか。消せない〝傷〟を背負った三人の男女の魂の行き場は…